Norbert Sahrhage · Der Mordfall Franziska Spiegel

Norbert Sahrhage

Der Mordfall Franziska Spiegel

PENDRAGON

Die Hauptpersonen

1944

Franziska Spiegel	ermordete Jüdin
Gottfried Spiegel	Ehemann
Rolf Spiegel	Sohn
Ella Ahrens	Nachbarin
Heinrich Bentrup	Bauer
Jan Kosma	polnischer Zwangsarbeiter
Friedrich Plaß	Arbeiter
Ludwig Renger	Arbeiter
Konrad Felschmann	Lehrer und NSDAP-Ortsgruppenleiter von Hunnebrock
Erwin Stieger	NSDAP-Kreisleiter
Wilhelm Kreske	Amtsbürgermeister des Amtes Spenge
Dr. Friedrich Stölting	Arzt

1948

Gottfried Spiegel	Ehemann
Rolf Spiegel	Sohn
Thomas Rehling	Kriminaloberinspektor
Gernot Zöllner	Kriminalinspektor
Gustav Schrader	Kriminalinspektor
Friedrich Kemper	Kriminalassistent
Ella Ahrens	Nachbarin
Lena Roedinger	Serviererin
Friedrich Plaß	Arbeiter

Ernst Gissmer	ehemaliger Landrat des Kreises Herford
Konrad Felschmann	Lehrer u. ehemaliger NSDAP-Ortsgruppenleiter
Wilhelm Kreske	Amtsbürgermeister des Amtes Spenge
Hans Oertel	SS-Mann
Kurt Flassner	SS-Mann
Stefan Born	Unternehmer

Teil 1

1. Kapitel

Freitag, 3. November 1944

Der Posten in feldgrauer Uniform stand am Eingang zum Schulgelände und versperrte Konrad Felschmann mit erhobener Hand den Weg. Der NSDAP-Ortsgruppenleiter von Hunnebrock bremste sein Fahrrad ab, schwang sich vom Sattel und hob den rechten Arm zum Hitler-Gruß.

Der linke Kragenspiegel an der Uniform wies den Posten als Rottenführer aus. Den rechten Kragenspiegel zierten die beiden Sig-Runen. Mit betonter Lässigkeit erwiderte der Posten den Gruß. Sein jugendliches Gesicht blieb dabei ausdruckslos.

Bevor der Posten etwas sagen konnte, sprach der Ortsgruppenleiter ihn an. „Felschmann, Ortsgruppenleiter. Ich muss dringend mit dem kommandierenden Offizier sprechen."

Der SS-Mann musterte den vor ihm stehenden Mann eingehend. Felschmann trug die braune Uniform der Ortsgruppenleiter, an der er einen Orden, das EK II, befestigt hatte, der ihn als Kämpfer des vergangenen Weltkrieges auswies. Er schien gut fünfzig Jahre alt zu sein, war etwas übergewichtig und hatte ein volles Gesicht mit leicht geröteten Wangen. Die Oberlippe zierte ein Hitlerbärtchen, wie es in dieser Zeit häufig zu sehen war. Seine Augen blickten den SS-Mann respektvoll an.

Der Posten nickte. Er winkte einem Kameraden, der wenige Schritte hinter ihm stand und rauchte. Der SS-Mann ließ die halbgerauchte Zigarette fallen, trat sie mit dem Absatz seines Stiefels aus und kam näher.

„Ortsgruppenleiter Felschmann möchte den Obersturmführer sprechen."

Der zweite SS-Mann, ein dunkelhaariger, etwa 40 Jahre alter Mann mit eng stehenden Augen, die aus seinem hageren Gesicht stachen, nickte knapp und wandte sich an Felschmann: „Kommen Sie mit." Die wenigen Worte verrieten Felschmann, dass der Mann aus Bayern oder Österreich stammte. Der Ortsgruppenleiter wusste auch, dass der Rang eines SS-Obersturmführers etwa dem Rang eines Oberleutnants der Wehrmacht entsprach.

Vor der Eingangstür der Schule in Hunnebrock standen weitere SS-Männer und einige halbwüchsige Jungen in Uniformen der Hitlerjugend, die sich von den Angehörigen der Waffen-SS deren Ausrüstung zeigen ließen und dabei aus ihrer Bewunderung für die Kampftruppe und deren Waffen keinen Hehl machten. Die meisten blickten kurz auf, als Felschmann und sein Begleiter an ihnen vorbeischritten.

Die beiden betraten das Schulgebäude, das als Unterkunft für etwa 30 Männer der SS-Division *Leibstandarte Adolf Hitler* diente, die hier seit zwei Wochen stationiert war.

Der SS-Obersturmführer hatte sich im hinteren Teil des Schulflures eine Art Büro eingerichtet, das nur durch einen Vorhang vom Rest des Ganges abgetrennt war. Die beiden Klassenräume rechts und links des Flures dienten als Unterkünfte für die SS-Männer. Das Büro bestand aus einem Tisch, drei Stühlen und einem kleinen Schränkchen, auf dem einige Akten lagen.

Der Obersturmführer, kenntlich an den drei Knöpfen an seinem Kragenspiegel, saß hinter dem Tisch, las in einer Akte und rauchte dabei. Er sah kurz auf, als der Vorhang zur Seite geschoben wurde, vertiefte sich dann aber wieder in die Akte. Der Besucher schien ihn nicht sonderlich zu interessieren.

Der SS-Mann machte Meldung. Auch der Gast stellte sich vor und kam sofort zur Sache: „Felschmann. Ich bin der hiesige Ortsgruppenleiter. Ich möchte Sie darüber informieren, dass in meinem Hoheitsgebiet noch eine Jüdin lebt."

Der Obersturmführer blickte den Ortsgruppenleiter an. Sein zuvor gelangweiltes Gesicht drückte jetzt Erstaunen aus. Er verzichtete darauf, sich seinerseits vorzustellen und fragte:

„Wie kommt das? Ich dachte, wir hätten das Judenproblem hier in der Region bereits seit längerer Zeit gelöst." Er schob Felschmann die Packung filterloser französischer Zigaretten hin, die vor ihm auf dem Tisch lag. „Nehmen Sie eine!"

Felschmann nickte und griff nach der Packung. Er suchte in seiner Uniformjacke nach Streichhölzern, fand sie, zündete sich damit die Zigarette an und nahm einen tiefen Zug.

Der Obersturmführer wies auf die Zigaretten. „Beutegut", sagte er. „Ich habe mich an diese französischen Zigaretten gewöhnt. *Champagne, vin, cigarettes et une mademoiselle jolie ...*" Er lächelte versonnen. „Waren Sie schon einmal in Frankreich?", fragte er dann.

Felschmann schüttelte den Kopf. „Ich war während des letzten Krieges an der Ostfront. War bei Tannenberg dabei." Er strich mit seiner rechten Hand wie beiläufig über das Abzeichen an seiner Uniformjacke.

Der SS-Offizier nickte, schien aber nicht sonderlich beeindruckt. „Das ist ein paar Jahre her. Der gegenwärtige Krieg wird nicht wieder mit einer deutschen Kapitulation enden. Darauf können Sie Gift nehmen. Hindenburg und Ludendorff hatten nicht die Genialität unseres Führers."

Felschmann pflichtete ihm bei, indem er heftig nickte. Sein Gegenüber schien der richtige

Mann zu sein, keiner dieser Hasenfüße, deren Zahl in den letzten Wochen stark zugenommen hatte, die voller Angst in die Zukunft blickten und die Niederlage des Reiches bereits akzeptiert hatten.

In etwas gedämpftem Ton sagte der Obersturmführer: „Wir haben Großes vor, die Wende steht kurz bevor. Denken Sie an meine Worte."

Felschmann blickte ihn neugierig an. Er fragte den Obersturmführer: „Rücken Sie bald ab? … Sie müssen nämlich wissen, ich bin Hauptlehrer an dieser Schule und es ist interessant für mich zu wissen, wann der Schulbetrieb wieder aufgenommen werden kann." Der Obersturmführer ging auf die Frage nicht ein und kam auf ihr eigentliches Thema zurück: „Was ist denn nun mit dieser Jüdin?"

Felschmann nahm einen tiefen Zug und blies den Rauch in Richtung Vorhang. „Sie heißt Franziska Sara Spiegel und ist mit einem arischen Mann verheiratet, den man wohl nicht mehr als einen Volksgenossen bezeichnen kann. Er bekennt sich weiterhin zu seiner Frau. Die Jüdin ist deshalb noch nicht nach Osten evakuiert worden. Die beiden haben ein Kind, einen Jungen." Er machte eine kurze Pause und ergänzte dann: „Die Jüdin und ihr Mann sind vor etwa einem Jahr in unsere Gemeinde gezogen, weil Verwandte des Mannes in Bünde leben. Der Mann ist Kriegsinvalide und arbeitet in einer Maschinenfabrik ... kriegswichtige Produktion."

Der SS-Offizier hatte aufmerksam zugehört. „Das Kind ist ein Bastard?"

„Soweit ich weiß, ja."

„Was erwarten Sie von mir?" Der Obersturmführer sah Felschmann an. Er musste sich zurückhalten, um seine Antipathie nicht offen zu zeigen. Es war überall dasselbe. Diese satten Parteigenossen in der Heimat hatten Kampfesgeist und Initiative verloren. Es reichte gerade noch dazu, jemanden zu denunzieren. Die Drecksarbeit sollten dann andere machen, in diesem Falle die SS. Und mit Menschen wie Felschmann sollte nach dem Krieg ein Weltreich aufgebaut werden? Diese Kerle würden noch einige Überraschungen erleben. Da würde man noch mal genauer hinschauen müssen.

Felschmann zuckte mit den Schultern und räusperte sich leicht. „Ich wollte Sie zunächst nur informieren, betrachte die Anwesenheit der Jüdin in meinem Hoheitsgebiet aber als Provokation, jetzt in dieser Situation, in der das deutsche Volk um seine Existenz ringt."

Der Obersturmführer lächelte. Die Jüdin stellte kein wirkliches Problem für ihn dar. Vielleicht konnten sich zwei oder drei seiner Männer bewähren, die ihn bei den Kämpfen in Frankreich enttäuscht hatten. Er drückte seine Zigarette aus und lehnte sich zurück. Damit signalisierte er Felschmann, dass er das Gespräch beenden wollte. „Sie haben Recht. Wir werden uns der Sache annehmen. Wäre nicht das erste Mal, dass wir ein solches Problem lösen. Wir sind da nicht zimperlich. Wo wohnt diese Jüdin?"

Felschmann beugte sich vor. „Gar nicht weit entfernt von hier, in einem Kotten." Dabei schob er dem SS-Obersturmführer ein Blatt Papier über den Tisch, auf das er die Lage des Kottens eingezeichnet hatte.

2. Kapitel

Samstag, 4. November 1944

Die Frau bat nicht um ihr Leben. Sie wusste, dass das sinnlos war. Die beiden SS-Männer, dem Jugendalter kaum entwachsen, würden sie gleich erschießen. Auf dem Weg zu dem kleinen Wäldchen, das einige hundert Meter von dem Kotten entfernt lag, in dem sie die letzten Monate mit ihrem Mann und ihrem Sohn verbracht hatte, hatten die beiden Männer mit ihr kein Wort gewechselt. Sie hatten sie nur geringschätzig angesehen und nach vorn gestoßen, wenn sie zu langsam ging, wenn die Angst ihre Schritte lähmte. Alle ihre Versuche, mit den beiden in ein Gespräch zu kommen, waren erfolglos geblieben.

Die Frau blickte sich um. In einiger Entfernung arbeiteten drei Menschen auf dem Feld, neben ihnen stand ein Leiterwagen, vor den zwei Pferde gespannt waren. Die Frau erkannte den Bauern Große-Beckstette, dem der Nachbarhof gehörte, Giesbert Ahrens, der mit seiner Frau im gleichen Kotten wohnte wie sie, und Wiktoria, die polnische Zwangsarbeiterin. Alle drei hatten sich abgewandt und widmeten sich intensiv ihrer Arbeit, so als würden sie die kleine Gruppe, die da auf das Wäldchen zustrebte, nicht wahrnehmen. Vermutlich ahnten sie, was gleich passierte. Die Angst vor den Uniformen der SS war aber zu groß, als dass die Frau mit der Hilfe der drei hätte rechnen können.

Sie hatte befürchtet, dass man früher oder später nach ihr suchen würde. Zugleich hatte sie in den letzten Wochen immer wieder inständig gebetet, man möge sie und ihre Familie unbehelligt lassen. Die wenigen Informationen, die ihr Mann abends von der Arbeit in der Maschinenfabrik mit nach Hause brachte, hatten die schwache Hoffnung in ihnen aufkeimen lassen, dass der Krieg bald zu Ende sein würde. Die Invasion der Alliierten in der Normandie war erfolgreich gewesen und die Wehrmacht befand sich auf dem Rückzug. Aachen war bereits von den Amerikanern besetzt. Aber dann war vor wenigen Tagen diese SS-Einheit hier aufgetaucht. Das hatte alles verändert. Ihre Angst war gewachsen, sie hatte sich kaum noch aus dem Haus getraut. Als sie ihren Mann am Morgen gebeten hatte, bei ihr zu bleiben, hatte dieser versucht sie zu beruhigen: „Ich muss bei der Arbeit erscheinen. Wenn ich fortbleibe, wird man noch eher auf uns aufmerksam." Sie wusste, dass er Recht hatte. Trotzdem war sie verzweifelt, als er morgens, noch vor Tagesanbruch, das Haus verließ. Sie bereitete ihrem 14-jährigen Sohn das

Frühstück und schickte ihn in die Gärtnerei, wo er eine Lehre machte.

Um die Mittagszeit waren drei SS-Männer erschienen. Einer blieb, an sein Fahrrad gelehnt, draußen vor dem Kotten stehen, die beiden anderen hatten – ohne anzuklopfen – das Haus betreten und nach ihrem Namen und Ausweis gefragt. Als sie ihnen den Ausweis mit dem eingestempelten „J“ zeigte, hatten sich die beiden nur kurz angeblickt und sich zugenickt. Dann hatte einer der beiden Männer, ein knabengesichtiger Hüne, der aus seiner Uniform herauszuwachsen schien und an dessen Wange und rechtem Ohr eine frische Verletzung abheilte, den Ausweis eingesteckt und ihr befohlen mitzukommen.

Sie hatten jetzt das kleine Wäldchen erreicht, in das ein schmaler Pfad hineinführte, der von dem Feldweg abzweigte. Der Hüne wies mit der Hand auf den Pfad. „Da hinein“, sagte er. Als die Frau keine Anstalten machte weiterzugehen, erhielt sie von ihm einen heftigen Stoß in den Rücken, der sie mehrere Schritte nach vorn stolpern ließ. Die Frau versuchte ihr Gleichgewicht zu halten, was ihr nur mühsam gelang. Als sie ihre Bewegungen wieder kontrollieren konnte, standen die drei im Wald. „Umdrehen. Augen zu“, befahl der Hüne.

Sie wusste, sie war am Ende ihres Weges angelangt. Sie wollte nicht um Gnade betteln, die ihr doch nicht zuteil werden würde. Dafür hatte sie in den letzten Jahren zu viele entwürdigende Situationen erlebt. Während sie sich umdrehte, galten ihre letzten Gedanken Rolf, ihrem Sohn, und Gottfried, ihrem Mann. Sie betete, dass die beiden die nächsten Wochen und Monate unbeschadet überstehen würden.

Hinter ihr hatte der Hüne seine Waffe aus der Pistolentasche gezogen und zielte auf den Hinterkopf der Frau. Dann drückte er ab.

3. Kapitel

Samstag, 4. November 1944

Als Gottfried Spiegel am frühen Nachmittag nach Hause kam, erwartete ihn auf der Deele bereits Ella Ahrens, die mit ihrem Mann die andere Hälfte des Kottens bewohnte.

„Vorhin waren zwei Soldaten hier, die haben Franziska mitgenommen.“ In Ella Ahrens Tonfall lag Besorgnis.

Diese Mitteilung traf Spiegel wie ein Schlag aus dem Nichts, völlig unvorbereitet. Seine Frau war bereits einmal vor etwa fünf Wochen mit ihrem Sohn von der Gestapo nach Bielefeld gebracht worden, vermutlich um deportiert zu werden. Genaueres hatte niemand gesagt. Die beiden waren aber nach wenigen Tagen wieder zu ihm zurückgekehrt. Gottfried Spiegel hatte vermutet, dass der Transportzug bereits abgefahren war, bevor Franziska und Rolf in Bielefeld angelangt waren. Nach der Rückkehr hatten die drei gehofft, dass – angesichts der immer deutlicher werdenden militärischen Lage – das Schlimmste nun überstanden wäre. Und nun diese Nachricht.

„Wann war das?“, fragte er mit brüchiger Stimme. Seine Worte waren kaum verständlich, da seine Stimme seinem Willen zu entgleiten drohte.

„Vor gut einer Stunde". Ella Ahrens sah Gottfried Spiegel so an, als wollte sie sich dafür entschuldigen, dass seine Frau abgeholt worden war. „Ich habe noch versucht, mit den beiden Soldaten zu reden. Sie haben sich aber auf nichts eingelassen."

Gottfried Spiegel war immer noch wie betäubt. Daran hätte er heute morgen, als er Franziska verlassen hatte, um zur Arbeit zu gehen, nicht im Traume gedacht. Aber dennoch, die Angst hatte immer mit ihnen am Tisch gesessen. Völlig unbeschwerte Augenblicke hatte es in den letzten Jahren so gut wie nie gegeben.

„... waren zwei junge Kerle", hörte er jetzt Ella Ahrens sagen, „die muss jemand vorbeigeschickt haben."

Gottfried Spiegel riss sich zusammen. „Wohin sind sie gegangen?", fragte er.

„Das haben sie nicht gesagt, sie sind aber über den Feldweg Richtung Hücker Moor marschiert. Die Soldaten hatten Fahrräder dabei, die haben sie geschoben." Ella Ahrens zeigte mit der Hand Richtung Westen, wo das Gebiet der Gemeinde Hücker-Aschen begann.

Gottfried Spiegel nickte. „Ich suche Franziska." Dann wandte er sich zur Tür.

Draußen war es kalt. Gottfried Spiegel ging so schnell wie es seine Beinverletzung zuließ, die er sich im Jahre 1942 zugezogen hatte, als seine Flakstellung bombardiert worden war. Der Novemberwind schnitt durch seine Jacke und Gottfried Spiegel fröstelte. Während er eilig voranschritt, überkam ihn Mutlosigkeit.

„Zwei Soldaten“, dachte er. „Was sollen das für Soldaten gewesen sein?“ Er glaubte es zu wissen. Das waren vermutlich Angehörige der SS-Division, die seit etwa zwei Wochen in Werfen und in benachbarten Orten lagen. Die feldgraue Kampfuniform der SS-Division unterschied sich kaum von den Uniformen der Wehrmacht. Aber woher sollte Ella Ahrens das auch wissen?

Spiegel näherte sich einer kleinen Baumgruppe, die rechts und links des Weges lag. Von seiner Frau und den beiden SS-Männern war bisher nichts zu sehen. Ihm war klar, was die Männer vorhatten. Sie wollten Franziska nicht abermals zur Deportation nach Bielefeld bringen, das war nicht Aufgabe der SS. Der Ruf der Skrupellosigkeit eilte der Truppe voraus. Gottfried Spiegel wusste, dass er mit dem Schlimmsten zu rechnen hatte.

Er ging weiter, überquerte eine Straße und näherte sich dem Hücker Moor. An der Nordseite des Moores verlief eine schmale Straße. Gottfried Spiegel wusste, dass direkt um das Moor herum ein Trampelpfad führte. Da die gut einsehbare Straße menschenleer war, entschied er sich für den Pfad. Aber auch hier begegnete der niemandem. Erst auf dem Steg des Bootsverleihers Stefanowski, der seine Boote bereits winterfest gemacht hatte, sah er zwei halbwüchsige Jungen, die mit selbstgebastelten Schiffchen spielten. In einiger Entfernung schwammen Enten auf dem See.

Der kalte Wind kräuselte das trübe Wasser des Moores. Die Jungen dirigierten die kleinen Boote, die sie mit Schnüren heckwärts gesichert hatten, mit Hilfe langer dünner Stöcke. Die Schiffchen hielten den Wellen nie lange stand und kippten dann um. Sie wurden von den Jungen daraufhin wieder an den Steg gezogen und erneut auf das Wasser gesetzt.

Nachdem er die beiden Jungen angesprochen und sich erkundigt hatte, wie lange sie sich schon auf dem Steg befanden, fragte Spiegel nach seiner Frau und den beiden SS-Männern. Die Jungen hatten niemanden gesehen. Die Gaststätte, die zu dem Bootsverleih gehörte, war verschlossen.

Gottfried Spiegel hielt sich nicht lange am Steg auf. Der Trampelpfad führte ihn weiter um das Moor herum. Nirgendwo fand er Anhaltspunkte dafür, dass seine Frau hier gewesen war.

Nachdem er mit einem älteren Ehepaar gesprochen hatte, das ihm auf dem Trampelpfad entgegenkam, aber ebenfalls nichts gesehen hatte, machte Spiegel kehrt. Er musste jetzt an seinen Sohn denken. Er eilte den Weg zurück. Er spürte sein steifes Bein, das zu schmerzen begann.

Wieder am Kotten angelangt, fragte er nach seiner Frau. Franziska war in der Zwischenzeit aber nicht wieder aufgetaucht. Der Ehemann von Ella Ahrens berichtete ihm, dass er, als er auf dem Feld arbeitete, gesehen habe, wie die beiden SS-Männer seine Frau vor sich her gestoßen hätten. Franziska habe geweint.

Gottfried Spiegel schloss verzweifelt die Augen. Seine schlimmsten Befürchtungen schienen sich zu bestätigen. Er machte sich – trotz seines schmerzenden Beines – auf den Weg nach Hüffen zur Gärtnerei Rosenmüller, wo er schon von weitem Rolf sah, der gerade Torfballen verlud. Gottfried Spiegel war erleichtert. Ein kurzes Gespräch mit seinem Sohn ergab, dass auch Rolf seine Mutter, nachdem er am Morgen das Haus verlassen hatte, nicht mehr gesehen hatte.

In Anbetracht der unklaren Situation hatte Hermann Rosenmüller nichts dagegen, dass Gottfried Spiegel seinen Sohn mitnahm. Obwohl Rolf inständig darum bat, seinen Vater bei der Suche nach seiner Mutter zu begleiten, entschied Spiegel, dass es am besten sei, wenn Rolf die Nacht bei seinen Großeltern in Bünde verbrachte.

Als er die Wohnung seiner Eltern verließ, war es bereits kurz vor 19 Uhr. Auf dem Rückweg nach Werfen fiel Gottfried Spiegel der Gestellungsbefehl für den Volkssturm ein, der sich am Abend bei dem Viehhändler Prasuhn in Hunnebrock versammeln sollte.

4. Kapitel

Samstag, 4. November 1944

Dr. Friedrich Stölting hatte gerade zu einem seiner ausführlichen Vorträge über Gott und die Welt angesetzt, die er beim Kaffeetrinken zu halten pflegte und die seine Frau und sein ältester Sohn stoisch über sich ergehen ließen, als das Telefon klingelte. Der Arzt hob unwillig seinen Kopf, aber da hatte die Haushaltshilfe, ein dürres fünfzehnjähriges Mädchen, das sein Pflichtjahr in der Arztfamilie ableistete und sich um den Haushalt und den jüngsten Sohn kümmerte, während die Ehefrau dem Mediziner bei seiner Arbeit in der Praxis zur Hand ging, bereits abgehoben.

Das Hausmädchen steckte seinen Kopf durch die Esszimmertür: „Herr Doktor, der Amtsbürgermeister möchte Sie sprechen."

Stölting knurrte etwas Unverständliches, erhob sich und ging gemessenen Schrittes in den Flur, wo das Telefon auf einem kleinen Tischchen abgestellt war.

„Fritz?", klang es aufgeregt aus dem Hörer. Arzt und Amtsbürgermeister kannten sich viele Jahre aus der gemeinsamen Arbeit in der örtlichen Sanitätskolonne und waren während einer Maifeier nach einigen Schnäpsen zum Du übergegangen.

„Ja, Willem, was gibt es? Wir trinken gerade Kaffee."

Wilhelm Kreske, hauptamtlicher Bürgermeister des Amtes Spenge, zu dem auch die Gemeinde Hücker-Aschen gehörte, ging auf diesen dezenten Hinweis nicht weiter ein. „Ich bekam eben einen Anruf vom Landrat. Er hält sich zurzeit beim Ortsgruppenleiter in Hücker-Aschen auf. Man hat ihn darüber informiert, dass im Hückerholz eine tote Frau gefunden worden ist. Ich soll dich informieren und mit einem Polizeibeamten hinfahren." Als Stölting nichts sagte, fuhr Kreske fort: „Wir kommen gleich mit dem Krankenwagen vorbei und nehmen dich mit."

Der Arzt verzichtete auf mögliche Einwände. Er wusste, dass er sich dieser Aufforderung nicht entziehen konnte. „Ist gut, Willem, ich mache mich fertig."

Stölting legte auf und informierte seine Frau darüber, dass er noch einmal wegmusste. „Man hat in Hücker-Aschen eine tote Frau gefunden. Ich fahre zusammen mit Kreske hin."

Seine Frau nickte. „Wann bist du zurück?"

„Schwer zu sagen." Es konnte durchaus sein, dass Kreske nach der Untersuchung noch vorschlug, in einer nahegelegenen Gaststätte ein Bier und „'nen Schluck" zu trinken, womit Kreske den von ihm geliebten Wacholder meinte. Kreske eilte der – zutreffende – Ruf voraus, dem Alkohol nicht gerade aus dem Wege zu gehen. Vor ein paar Jahren, noch zu Friedenszeiten, hatte ihn diese Vorliebe beinahe sein Amt gekostet, da er nach einem längeren Gaststättenbesuch seinen Dienstwagen volltrunken mitten auf der Adolf-Hitler-Straße abgestellt hatte, wodurch der Verkehr massiv behindert worden war. Die örtlichen Repräsentaten der NSDAP und der Landrat hatten den politisch willfährigen Kreske gestützt und den Skandal unter der Decke gehalten, so dass er Amtsbürgermeister bleiben konnte.

Wenige Minuten später hupte es vor dem Haus. Stölting griff nach seiner Arzttasche, die immer neben der Eingangstür stand, und verließ das Haus.

Ein Polizist in Uniform lenkte den Krankenwagen, einen cremefarbenen Mercedes-Benz 320. Stölting quetschte sich neben den korpulenten Kreske auf die vordere Sitzbank. Der Uniformierte schwieg während der gesamten Fahrt.

„Es sieht so aus, als sei die Frau ermordet worden“, informierte Kreske den Arzt. „Es ist schon einige Jahre her, dass in meinem Amtsbezirk jemand umgebracht worden ist.“

Stölting nickte. Den letzten Mordfall hatte es vor vier oder fünf Jahren im Zusammenhang mit einem Raubüberfall auf einen einsam gelegenen

Bauernhof gegeben, bei dem der Einbrecher von dem alten Landwirt überrascht und wohl auch erkannt worden war. Der Einbrecher hatte zuerst den alten Mann und dann dessen bettlägerige Frau getötet. Stölting hatte damals die beiden Leichen untersucht. Der Mörder, ein Tagelöhner aus dem Nachbarort, war nach wenigen Tagen gefasst und später hingerichtet worden. Der Arzt war von der Brutalität der Tat erschüttert gewesen. Man hatte den alten Bauern mit eingeschlagenem Schädel in der Wohnstube gefunden. Das Blut des Toten war bis an die Wände gespritzt. Der Täter hatte einen eisernen Feuerhaken benutzt und mehrere Male zugeschlagen. Stölting hoffte, dass ihm ein ähnlicher Anblick heute erspart bleiben würde.

Der Wagen hatte inzwischen die Bünder Straße erreicht. Kreske paffte an seiner Zigarre, während der Uniformierte den Mercedes über das Hücker Kreuz nach Norden steuerte. „Ich werde in den nächsten Tagen nach Wilhelmshaven abkommandiert", sagte Kreske, „soll da in der Marineverwaltung aushelfen."

Der Arzt nickte. Kreske hatte ihm früher mehrfach voller Begeisterung erzählt, dass er seine Militärzeit bei der Marine in Wilhelmshaven abgeleistet hatte. Seit Goebbels den totalen Krieg proklamiert hatte, wurden alle verfügbaren Männer eingezogen. Stellen in der Militärverwaltung wurden mit Personen aus der zivilen Verwaltung besetzt. Die freigewordenen Militärangehörigen wurden an die Front geschickt.

„Und", fragte Stölting, „freust du dich über die Abwechslung?"

Kreske nickte heftig. „Ja, wird mal wieder Zeit, dass ich etwas Seeluft inhalieren kann. Ich werde auch sicherlich den einen oder anderen alten Kameraden wiedertreffen."

Inzwischen befanden sie sich in der Nähe des Tatortes. „Da vorn muss es sein", durchbrach der Polizist sein bisheriges Schweigen und deutete nach rechts.

Zwei junge Männer standen am Straßenrand und zeigten auf einen Feldweg, der rechts von der Straße abzweigte. Der Polizist bremste den Wagen ab und bog in den schmalen Weg ein. In einer Entfernung von etwas mehr als hundert Metern stand weiter oben ein schwarzer Mercedes Benz 170 H am Wegesrand.

Der Polizist ließ den Krankenwagen ausrollen und stellte ihn unweit des schwarzen Mercedes ab. Die beiden jungen Männer waren hinter dem Krankenwagen hergelaufen. „Der Kreisleiter und der Ortsgruppenleiter sind dort drüben", sagte einer der beiden atemlos und wies auf ein Gebüsch, vor dem ein schmaler Pfad nach rechts in den Wald führte.

Kreske wand sich trotz seiner Leibesfülle behende hinter Stölting aus dem Wagen und eilte auf die bezeichnete Stelle zu. NSDAP-Kreisleiter Stieger und ein weiterer Mann, den Stölting als den NSDAP-Ortsgruppenleiter von Hücker-Aschen identifizierte, standen am Beginn des Pfades und rauchten.

Kreske begrüßte den Kreisleiter mit erhobenem rechten Arm; der Gruß wurde vom Kreisleiter und dem Ortsgruppenleiter lässig erwidert. Dann stellte Kreske seinen Begleiter vor.

„Gut, dass Sie dabei sind“, sagte der Kreisleiter, an Stölting gewandt.

„Wo ist die tote Frau?“, fragte Stölting.

Eugen Möller, der Ortsgruppenleiter von Hücker-Aschen, ein großer, kräftiger Mann mit gesunder Gesichtsfarbe, dem man ansehen konnte, dass er mit der Landwirtschaft sein Geld verdiente, zeigte wortlos auf einen schmalen Pfad, der sich weiter in den Wald fortsetzte, und ging voraus. Der Kreisleiter, Kreske, Stölting und der Polizist folgten ihm. Nach wenigen Metern sahen sie die Tote. Die Frau lag bäuchlings auf dem Boden. Ihr Gesicht war nicht zu erkennen. Sie trug einen schlichten dunklen Mantel und ausgetretene braune Schuhe.

Stölting kniete nieder und betrachtete die Frau. Am Hals der Frau war eine Verletzung zu erkennen; aus der Wunde war viel Blut ausgetreten, das im Boden versickert war. Der Arzt fühlte nach der Halsschlagader der Frau. Nichts. Der Körper war bereits etwas erkaltet. Stölting schätzte, dass der Tod bereits vor ein oder zwei Stunden eingetreten war.

Inzwischen hatte es zu dämmern begonnen, so dass weitere Einzelheiten nicht mehr gut zu erkennen waren. Der Polizeibeamte knipste seine Taschenlampe an und leuchtete den Tatort ab. Im Licht der Taschenlampe sah Stölting, dass an dem Mantel der Toten ein Zettel angebracht worden war.

Er nahm den Zettel und hielt ihn in das Licht der Taschenlampe. „Sie war eine Jüdin", las Stölting. Der Satz war mit einem roten Stift und ungelenker Hand auf das Papier gekritzelt worden.

Während Stölting noch auf das Papier starrte, war der Polizeibeamte bei seiner Suche fündig geworden. Er hielt einen Ausweis hoch, den er im angrenzenden Gebüsch gefunden hatte. „Hier, der scheint der Toten gehört zu haben."

Die Männer umringten den Polizisten, der den Ausweis mit seiner Taschenlampe beleuchtete. Das Ausweisfoto zeigte eine hübsche dunkelhaarige Frau. Der Name der Frau lautete Franziska Sara Spiegel, geboren am 6. Mai 1905 in Werl. Über die Ausweisseite war ein großes „J“ gestempelt.

„Also doch, eine Jüdin“, murmelte der Kreisleiter. „Nicht schade drum“. Er wandte sich an Kreske: „Schaffen Sie die Jüdin in den Krankenwagen und bringen Sie sie nach Spenge. Verständigen Sie nachher die Gestapo in Bielefeld.“

Während der Polizist zum Krankenwagen ging, um eine Trage zu holen, wandte Stölting ein: „Eigentlich dürfen tote Personen nicht mit dem Krankenwagen transportiert werden.“

Der Kreisleiter blickte Stölting mit unbewegtem Gesicht an. „Diese Vorschrift können wir nach dem gewonnenen Krieg beherzigen“, meinte er spöttisch und drehte sich weg. Er rechnete nicht mit einem weiteren Widerspruch. Stölting schwieg. Gemeinsam mit dem Polizeibeamten legte er die Tote auf die Trage.

Kreske deutete auf die beiden jungen Männer, die immer noch in einiger Entfernung an der Straße standen. „Was ist mit den beiden?“

Der Ortsgruppenleiter von Hücker-Aschen fühlte sich angesprochen. „Einer der beiden hat die tote Jüdin gefunden und hat mich darüber informiert. Kreisleiter Stieger und der Landrat waren zufällig bei mir zu einer Dienstbesprechung. Landrat Gissmer ist bereits wieder abgefahren.“

Kreske blickte zum Kreisleiter. Stieger machte keine Anstalten, irgendetwas zu tun. Das hier war keine Parteiangelegenheit. Hier war er, Kreske, als Vertreter des Staates gefragt. Er nickte und ging auf die beiden jungen Männer zu.

Als er sich ihnen auf Schrittweite genähert hatte, musterte er die beiden einen kurzen Augenblick, bevor er fragte: „Wer von Ihnen hat die Tote gefunden?"

„Ich war das." Kreske schätzte, dass der Sprecher höchstens 20 Jahre alt war. Er trug eine verschlissene grüne Lodenjacke, darunter einen Strickpullover. Sein Kopf war mit einer grünen Schirmmütze bedeckt, wie sie die Landbevölkerung hier zu tragen pflegte.

„Wie heißen Sie?"

„Fritz ..., richtig: Friedrich Plaß."

„Dann erzählen Sie mal."

„Ich habe hier im Wald Holz gesammelt." Plaß machte eine Pause, sein Blick streifte kurz seinen Begleiter, dann sprach er weiter: „Dabei sah ich, dass zwei Männer in Uniform mit Fahrrädern aus dem Waldstück kamen. Ich bin dann selber in die Richtung gegangen, aus der die beiden kamen. Hinter einem Baum sah ich die Frau liegen. Ich dachte zuerst, dass sie sich verstecken wollte. Ich ging um die Frau herum, dann habe ich aber gesehen, dass sie sich nicht rührte. Sie blutete aus Mund und Nase. Ich bin sofort zurück auf den Weg gelaufen und habe geguckt, ob Leute in der Nähe waren."

„Und – haben Sie welche gesehen?"

„Nur meinen Bekannten Ludwig Renger, der auf dem Heimweg war. Ich habe ihm die Frau gezeigt. Wir sind dann beide zum Bauern Möller gegangen und haben das angezeigt."

Kreske wandte sich an den anderen Mann: „Können Sie das bestätigen?"

Der Mann, etwa im gleichen Alter wie Plaß, schmächtig und mit feuerrotem Haar, nickte.

Kreske überlegte. Er war sich unschlüssig, wie er in der Angelegenheit weiter vorgehen sollte. Schließlich sagte er: „Gut. Kommen Sie morgen um 9:00 Uhr zum Amtshaus nach Spenge. Ich nehme dann Ihre Aussagen zu Protokoll. Sie können jetzt gehen. Ich möchte aber, dass Sie über den Vorfall Stillschweigen bewahren."

Kreske ging zu den beiden nationalsozialistischen Amtsträgern zurück, die neben dem Fahrzeug des Kreisleiters standen, und verabschiedete sich. Bevor Kreske in den Krankenwagen stieg, in dem Stölting schon Platz genommen hatte, gab ihm der Kreisleiter noch einen Rat: „Machen Sie um die Sache nicht viel Aufhebens, es handelt sich doch nur um eine Jüdin."

***

Erst in Spenge durchbrach Kreske, der bislang auf seiner erloschenen Zigarre herumgekaut hatte, das Schweigen, das in dem Krankenwagen seit der Abfahrt vom Hückerholz geherrscht hatte. „Zum St. Martinsstift", wies er den Polizeibeamten an.

Der Wagen fuhr die Adolf-Hitler-Straße hinauf und bog in die Poststraße ein; wenige Sekunden später hielt er vor dem Gebäude des Stiftes.

Eine etwas mürrisch blickende Diakonisse in schwarzer Tracht öffnete kurze Zeit später die Eingangstür, ihr Blick wurde freundlicher, als sie den Arzt und den Amtsbürgermeister erkannte.

„Wir haben hier eine tote Frau", sagte Kreske. „Sie ist im Hückerholz ermordet worden."

Die Diakonisse starrte die beiden Männer erschrocken an. Es dauerte einen kurzen Augenblick, bis sie fragte: „Was sollen wir hier mit der toten Frau? Wir sind ein Krankenhaus und eine Entbindungsstation, aber keine Leichenhalle."

Kreske ließ sich auf keine Diskussion ein: „Sie haben doch einen Leichenkeller. Wir wollen die tote Frau hier nur bis morgen ablegen, bevor sie zur Obduktion nach Bielefeld gebracht wird. Ich kümmere mich darum."

Die Diakonisse sah ein, dass ihre Einwände nutzlos bleiben würden. Schließlich stimmte sie zu.

Stölting und der Polizeibeamte nahmen die Trage mit der Ermordeten und betraten das Haus. Die Schwester ging voraus und wies ihnen den Weg in den Keller. Kreske blieb an der Eingangstür stehen, suchte in seiner Jackentasche nach Streichhölzern und entzündete die erloschene Zigarre.

Als Stölting und der Polizeibeamte wieder zurück waren und die Diakonisse die Tür wieder verschlossen hatte, schickte Kreske den Polizeibeamten mit dem Krankenwagen fort. An Stölting gewandt sagte er: „Auf den Schrecken sollten wir noch etwas trinken."

Stölting zögerte kurz, nickte dann aber.

Die beiden Männer gingen die Poststraße zurück, wandten sich dann nach rechts und spazierten die dunkle Adolf-Hitler-Straße hinunter, passierten dabei das Amtshaus und betraten nach einigen weiteren Metern das direkt neben der Kirche liegende Gasthaus *Zum Reichsadler*.

Im nur spärlich beleuchteten Gastraum befanden sich sechs oder sieben ältere Männer, die allesamt auf Hockern vor der Theke saßen. Kreske und Stölting setzten sich an einen der kleineren Tische vor einem Fenster, das wegen der Verdunklungsvorschriften mit dicken Pappen verkleidet war. Als der Wirt an ihrem Tisch erschien, bestellte Kreske Bier und Wacholder.

Er griff in seine Jackentasche und zog zwei Zigarren hervor. „Hier Fritz, von dem Schrecken müssen wir uns erst einmal erholen." Nach einer kurzen Pause setzte er nach: „So ein Mist, dass das noch passieren musste."

Stölting griff nach der Zigarre. „Was meinst du damit?", fragte er und zündete sich dabei die Zigarre an.

Kreske beugte sich nach vorn und sprach leise: „Was soll ich machen? Die jüdische Frau ist vermutlich von zwei Männern in Uniform erschossen worden, jedenfalls hat das einer der beiden jungen Männer, die die Leiche gefunden haben, behauptet."

„Ja und?"

„Männer in Uniform ... Dämmert es nicht bei dir?"

Stölting überlegte, kam aber zu keinem plausiblen Resultat. „Zwei Soldaten der Wehrmacht?", fragte er schließlich.

Kreske schüttelte den Kopf: „Glaube ich nicht. Wo sollten die herkommen? Die sind an der Front." Er machte eine kurze Pause, bevor er fortfuhr: „In Bünde und Umgebung liegen zur Zeit Teile einer SS-Division. Das ist in der Bevölkerung der weiteren Umgebung kaum bekannt. Wir Bürgermeister sind aber darüber von Amts wegen informiert worden."

„Und du meinst, von Mitgliedern dieser Division sei der Mord begangen worden?"

„Hast du eine andere Erklärung?"

Stölting zuckte mit den Achseln. „Ist glücklicherweise nicht mein Ressort. Was wirst du tun?"

„Den Fall so schnell wie möglich an die Bielefelder Gestapo abgeben. Ich werde mich jedenfalls nicht mit der SS anlegen." Kreske hob sein Wacholderglas. Stölting tat es ihm nach. „Prost!"

„Prost."

Die beiden Männer tranken. Dann zündete Kreske seine Zigarre an. Paffend genoss er die ersten Züge. Er blickte sich um, bevor er Stölting leise fragte: „Glaubst du, dass der Krieg noch lange dauern wird?"

Stölting zögerte. „Vermutlich nicht", antwortete er ebenfalls mit gedämpfter Stimme.

Kreske sah zu den Männern am Tresen hinüber, die sich lautstark unterhielten. Sie beachteten ihn und den Arzt nicht. „Und dann?", fragte er leise, „was wird deiner Meinung nach mit uns geschehen? Wir können den Krieg nicht mehr gewinnen. Die Amerikaner sind zu stark, die haben ein ganz anderes Rüstungspotenzial als wir. In weniger als einem Jahr werden die hier sein. Denke an meine Worte."

Stölting war von der Wendung des Gespräches

überrascht. Kreske war ihm gegenüber sehr offen. Zu offen? So eng waren sie doch auch nicht miteinander. Wollte ihn Kreske zu irgendwelchen Äußerungen verleiten und diese dann gegen ihn verwenden? Stölting schüttelte innerlich den Kopf. Kreske war zwar NSDAP-Mitglied, aber alle wussten, dass er der Partei mehr aus Opportunismus denn aus Überzeugung beigetreten war.

Er zog an seiner Zigarre. „Gut, dann muss Hitler eben irgendwann verhandeln."

„Glaubst du, dass es dabei für uns große Spielräume gibt? Weißt du, was wir mit den Juden angestellt haben?"

„So genau nicht." Stölting dachte an die Gerüchte, die im informierteren Teil der Bevölkerung kursierten und von denen er natürlich auch schon gehört hatte. Er hatte sich mit diesen Gerüchten aber nicht beschäftigt, weil es besser war, diese Themen öffentlich nicht zu diskutieren. Ausländische Sender hörte er nicht. Das war jetzt während des Krieges zu gefährlich.

„Wo sind die Juden denn geblieben?" Als Stölting schwieg, fuhr Kreske fort: „Ich will es dir sagen. Wir haben bestimmt Tausende, wenn nicht sogar Hundertausende von ihnen umgebracht. ... Fritz, hast du dich mal mit Soldaten unterhalten, die in Polen oder Russland waren?"

Stölting schüttelte den Kopf.

„Ich habe einen Schwager in Bielefeld, der arbeitet bei der Reichsbahn. Der hat mir von Transporten erzählt. Hunderte von Juden aus der ganzen Region sind von Bielefeld aus in den Osten evakuiert worden. So lautet die offizielle Sprachregelung: evakuiert."

„Ja und?"

„Glaubst du, dass man die Juden dort angesiedelt hat, damit sie Landwirtschaft betreiben? Im Osten ist Krieg. Dort fällt es niemandem auf, wenn man noch ein paar Tausend Juden zusätzlich liquidiert."

Stölting schwieg. Wahrscheinlich war das so. Alles, was er gehört hatte, deutete darauf hin, dass im Osten so etwas geschah.

Kreske fuhr fort: „Fritz, hier im Ort weiß man, dass ich NSDAP-Mitglied bin. Ich bin hier Amtsbürgermeister durch die Gnade der Partei. Sofort nach der Machtergreifung habe ich mein Möglichstes getan, um im Amt zu bleiben, ich musste schließlich meine Frau und meine Kinder ernähren. Ich bin in die Partei und in die SA eingetreten und bin dem Kreisleiter und dem Landrat in den Arsch gekrochen. Wenn sich nach dem Krieg die Verhältnisse ändern, bin ich deshalb einer der ersten, die ihren Hut nehmen können – wenn es nicht noch schlimmer kommt."

Stölting schwieg. Vermutlich lag Kreske mit seiner Einschätzung richtig. Aber weshalb erzählte er ihm das? Was bezweckte er damit?

Kreske schien keine Antwort zu erwarten. Er hob sein Bierglas und prostete Stölting zu. Als der Wirt zu ihnen herübersah, deutete Kreske auf die beiden Wacholdergläser und streckte dem Wirt zwei Finger entgegen. Der nickte.

„In den letzten Wochen habe ich einige Gespräche mit alten Sozialdemokraten geführt, ganz ungezwungen und beiläufig. Ich habe sie davon überzeugt, dass ich, wenn es nach dem Krieg zu Veränderungen kommt, mit ihnen zur Zusammenarbeit bereit bin."

Stölting, der immer in hinreichender Distanz zum Nationalsozialismus gestanden hatte und sich trotz wiederholten Drängens des Ortsgruppenleiters nicht zum Parteieintritt entschlossen hatte, musste innerlich über die Rückwärtsrolle des Amtsbürgermeisters lachen.

Kreske blickte ihn an. Stölting bemühte sich, ein ernstes Gesicht zu machen. Der Wirt, der in diesem Augenblick mit einer Schnapsflasche kam und nachgoss, rettete die Situation. Stölting griff nach seinem Glas, hielt es prostend hoch und sagte, an Kreske gewandt: „Willem, die gehen jetzt aber auf mich."

Kreske nickte, kippte den Wacholder herunter

und wischte sich mit dem Handrücken über die Lippen. Er blickte dem Wirt nach, der wieder Stellung hinter dem Tresen bezog. Die übrigen Gäste waren in ihre Gespräche vertieft.

Kreske hatte wieder seine Stimme gesenkt: „Fritz, solange die Wölfe noch heulen, muss ich mit ihnen heulen. Du weißt, dass ich niemanden ans Messer geliefert habe, ich werde das auch in Zukunft nicht tun. Es kann aber sein, dass ich, wenn der Krieg beendet ist, jemanden brauche, der das bestätigen kann."

„Siehst du die Zukunft so schwarz?"

Kreske nickte heftig. „Ja, und was ich nicht gebrauchen kann, ist, dass ich mit dem Mord an dieser Jüdin in Verbindung gebracht werde, vor allem nicht so, dass man mir später unterstellen könnte, ich hätte die Mörder gedeckt."

Jetzt erst erfasste Stölting die sich für Kreske als so schwierig darstellende Situation in allen Facetten. „Willem, du kannst den Fall wirklich nur so schnell wie möglich an die Gestapo abgeben, dann ist die Angelegenheit deren Sache", sagte er – und nach einer Pause: „Wenn der Krieg zuende ist, kannst du dich auf mich berufen. Ich werde bezeugen, dass du dich immer anständig verhalten hast."

5. Kapitel

Samstag, 4. November 1944

Friedrich Plaß und Ludwig Renger erschienen etwas zu spät zur Gründungsversammlung des Volkssturms. Eine Anzahl älterer Männer und einige ganz junge Burschen, vermutlich Mitglieder der Hitlerjugend, standen auf der Deele des Hunnebrocker Viehhändlers Prasuhn, die durch zwei Glühbirnen nur schwach beleuchtet wurde, in Grüppchen zusammen und unterhielten sich leise. Die Stimmung war wenig euphorisch, zumindestens nicht bei den Alten. Man wartete auf den Ortsgruppenleiter, der den Volkssturm befehligen sollte.

In diesem Augenblick kamen Prasuhn, der Hausherr, Ortsgruppenleiter Felschmann, zu erkennen an seiner braunen Uniform, und ein weiteres Mitglied der Ortsgruppenleitung aus der hell erleuchteten Küche, deren Tür zur Deele führte.

Der Ortsgruppenleiter baute sich vor den versammelten Männern auf, hob die rechte Hand und grüßte schneidig mit „Heil Hitler!"

Die Grußerwiderung der versammelten Männer war deutlich leiser, lediglich bei den Hitlerjungen klang Begeisterung durch.

Felschmann blickte in die Runde und sprach

dann langsam und artikuliert, wobei er seine Aussagen gestenreich unterstrich: „Wir haben uns hier heute versammelt, weil der Führer uns eine wichtige Aufgabe übertragen hat. Es gilt, zusammen mit der Wehrmacht die Wehrkraft in unserer Heimat zu stärken. An alle waffenfähigen Männer im Alter von 16 bis 60 Jahren ergeht deshalb der Befehl des Führers, den Heimatboden des Deutschen Reiches mit allen uns zur Verfügung stehenden Mitteln zu verteidigen, komme was da wolle. Wir werden solange unseren Dienst tun, bis ein die Zukunft unseres Reiches sichernder Frieden gewährleistet ist." Felschmann machte eine kurze Pause. Seine Augen blieben an den Hitlerjungen hängen, die ihn erwartungsvoll ansahen.

„In den nächsten Tagen wird unsere Volkssturmkompanie Waffen erhalten, mit denen wir jeden in unsere deutsche Heimat vordringenden Feind wirksam bekämpfen können. Aber soweit wird es nicht kommen, wir wollen lediglich für alle Eventualitäten gewappnet sein.

Ich sehe vor mir unsere begeisterte deutsche Jugend und viele kampferprobte ältere Männer, die gemeinsam alle Aufgaben, die auf uns zukommen, bewältigen werden." Als unter den Männern ein Gemurmel einsetzte, das man nicht unbedingt als Zustimmung auslegen konnte, machte Felschmann eine ungeduldige Handbewegung, so als wollte er die leise geäußerten Bedenken wegwischen.

„Unsere erste Übung wird nach der Vereidigung am morgigen Vormittag stattfinden. Was dann genau anliegt, werde ich gleich erklären, doch zunächst einmal werden alle Anwesenden in diese Liste eingetragen.“ Felschmann hielt ein Klemmbrett hoch und legte es zusammen mit einem Bleistift auf den Tisch, der neben der Eingangstür zur Küche stand. „Parteigenosse Organisationsleiter Gremmel wird jetzt die Namen aller hier anwesenden Mitglieder des Volkssturms notieren. Ein Fehlen aus nichtigem Anlass wird nicht geduldet. Dazu ist unsere Aufgabe zu wichtig. Der Pfarrer wird morgen früh auf eure Anwesenheit verzichten müssen.“

Eine Pause trat ein, einige ältere Männer unterhielten sich leise, während sich die Hitlerjungen bereits nach vorn an den Tisch drängten, damit ihre Namen als erste notiert wurden.

Friedrich Plaß nutzte die Pause und wandte sich an den Ortsgruppenleiter, der sich gerade eine Zigarette angezündet hatte: „Ortsgruppenleiter, ich muss Sie kurz sprechen.“

Felschmann blickte ihn unwillig an. „Was ist so wichtig, dass wir das jetzt besprechen müssen?“ Plaß ließ sich durch diese demonstrative

Unfreundlichkeit nicht beeindrucken. „Ludwig Renger und ich können morgen Vormittag nicht zum Dienst erscheinen", erklärte er.

Bevor er weitersprechen konnte, unterbrach ihn der Ortsgruppenleiter mit schneidender Stimme, so dass die Umstehenden Zeugen des Gesprächs wurden: „Das glaube ich nicht. Laut Befehl des Führers geht der Dienst im Deutschen Volkssturm jedem anderen Dienst vor. Ich werde dafür sorgen, dass dieser Befehl auch eingehalten wird."

Plaß nickte heftig, um Felschmann zu besänftigen. Er musste den Ortsgruppenleiter – trotz des Verbotes – jetzt über den Leichenfund im Hückerholz informieren. Ihm blieb keine andere Wahl. „Ja, ich weiß, ich habe es in der Zeitung gelesen. Es ist nur so, dass Ludwig und ich vorhin im Hückerholz eine tote Frau gefunden haben und der Amtmann aus Spenge uns für morgen früh zum Spenger Amtshaus bestellt hat, um unsere Zeugenaussage zu Protokoll zu nehmen."

Felschmann nickte bedächtig. „Das ist natürlich etwas anderes. Kennen Sie die tote Frau? Handelt es sich um Frau Spiegel?"

„Ich kannte die Frau nicht. Auf ihrem Rücken war aber ein Zettel befestigt, auf dem stand, dass sie eine Jüdin sei."

Der Ortsgruppenleiter nickte abermals. „Weiß man schon, wer für den Tod der Jüdin verantwortlich ist? Haben Sie jemanden gesehen?“

Plaß kamen Felschmanns Fragen seltsam vor. Der Ortsgruppenleiter vermittelte den Eindruck, als sei er bereits über den Mord informiert, aber das konnte eigentlich nicht sein, denn Renger und er waren auf direktem Wege zu der Versammlung des Volkssturms gegangen. Auf Felschmanns fragenden Blick erklärte er: „Ich habe, bevor ich die Frau fand, zwei Männer in Uniformen aus dem Waldstück herauskommen sehen. Danach bin ich zum Ortsgruppenleiter nach Hücker-Aschen gelaufen und habe dort alles gemeldet.“

Die umstehenden Männer hatten das Gespräch mit ausdruckslosen Mienen verfolgt. Den meisten von ihnen war klar, dass es sich bei den uniformierten Männern, von denen Plaß gesprochen hatte, um Angehörige der im Orte stationierten SS-Einheit handeln musste, die sich im Dorf und in der benachbarten Stadt Bünde bewegten.

Felschmann durchbrach das Schweigen. „Gut,“ sagte er, „gehen Sie morgen Vormittag zum Spenger Amtsbürgermeister. Sie sind für den morgigen Dienst entschuldigt. Das gilt auch für den Volksgenossen Renger.“ Dann wandte er sich ab und ging zu Gremmel hinüber, der mit seiner Liste fast fertig war.

Die Deelentür öffnete sich. Ein Mann trat ein, den Friedrich Plaß nur vom Sehen kannte. Der Mann blickte unruhig um sich, so als suche er jemanden. Als er Felschmann erblickte, kam er auf ihn zu.

„Ortsgruppenleiter“, sagte er schwer atmend, „ich habe mich etwas verspätet, meine Frau ist verschwunden. Ich möchte Sie bitten, mich für heute zu beurlauben, ich muss meine Frau suchen.“

Felschmann musterte den Mann von oben bis unten – vom geröteten Kopf mit den ungekämmten Haaren über die abgewetzte schwarze Lodenjacke und die braune Cordhose bis nach unten zu den mit Lehm verschmierten Schuhen. „Machen Sie sich mal keine Sorgen“, sagte er betont jovial, „die wird schon wieder auftauchen, wenn sie sich genug herumgetrieben hat. Wegen solch einer Sache kann ich Sie nicht beurlauben.“

Er trat neben Gremmel. Die beiden ergänzten die Liste mit den Namen von Plaß, Renger und Gottfried Spiegel.

Spiegel stand unschlüssig an der Tür, wo er von einem Mann, der ihn offenbar gut kannte, leise angesprochen wurde. Es entwickelte sich ein kurzer Dialog, der damit endete, dass Spiegels Gesprächspartner mehrere Male die Schultern hob.

Gottfried Spiegel war jetzt kreidebleich. Er stürzte nach vorn auf den Ortsgruppenleiter zu. Plaß dachte zunächst, Spiegel wolle Felschmann angreifen. Doch Spiegel schien sich rechtzeitig zu besinnen und blieb kurz vor Felschmann stehen.

Erregt sprach er den Ortsgruppenleiter an: „Im Hückerholz hat man eine tote Frau gefunden. Ich muss wissen, ob das meine Frau ist."

Felschmann war klar, dass er jetzt vor den versammelten Männern seine Autorität demonstrieren musste. „Ich würde Ihnen nicht raten, diese Versammlung vor der Zeit zu verlassen. Dienst ist Dienst und Schnaps ist Schnaps." Er sah sich beifallheischend um, doch die Blicke der umstehenden Männer wandten sich ab. Aus den Gesichtern der Hitlerjungen war keine Gefühlsregung abzulesen.

Gottfried Spiegel hatte sich nicht mehr unter Kontrolle. Er schrie den Ortsgruppenleiter erregt an: „Wussten Sie bereits, dass meine Frau tot ist?"

Der Ortsgruppenleiter schüttelte den Kopf und bemühte sich ruhig zu bleiben. „Woher sollte ich das wissen?", fragte er. „Ich habe nur davon gehört, dass im Hückerholz eine tote Frau gefunden worden ist. Wenn das tatsächlich Ihre

Frau ist, kann man daran nichts mehr ändern. Der Führer hat gesagt, dass jeder Jude eine Eiterbeule am Körper unseres Volkes ist."

Spiegel stand jetzt sprachlos da, seine Händ zu Fäusten geballt. Jemand, der hinter ihm stand, hatte ihm eine Hand fest auf die rechte Schulter gelegt, um ihn von unüberlegten Handlungen abzuhalten. Spiegel wollte sich von der Hand losreißen, besann sich dann aber. Er schüttelte verständnislos den Kopf, wandte sich um und ging zur Deelentür. Aus der Gruppe der älteren Männer kamen leise Bemerkungen, die sich gegen Felschmann richteten.

Als Spiegel an der Deelentür stand und im Begriff war hinauszugehen, drohte Felschmann, sichtbar um seine Autorität bemüht: „Sie sollten an Ihren Sohn denken. Wenn Sie jetzt gehen, kann ich nichts mehr für Ihren Sohn tun."

6. Kapitel

Sonntag, 5. November 1944

Als Friedrich Plaß und Ludwig Renger mit ihren Fahrrädern leicht verspätet Spenge erreichten, läuteten gerade die Glocken der Martinskirche zum sonntäglichen Gottesdienst. Auf den letzten Metern vor dem Amtshaus kamen den beiden mehrere gutgekleidete Menschen entgegen, die noch zur Kirche eilten.

Die Sonne hatte es zwar im Verlaufe der Fahrradfahrt beinahe geschafft, den Morgennebel zu durchdringen, aber es war kalt und die beiden Männer rieben ihre klammen Hände, nachdem sie die Fahrräder an die Wand des Amtshauses gelehnt hatten.

Bei dem Amtshaus handelte es sich um ein älteres zweieinhalbstöckiges Gebäude mit einem linksseitigen Anbau, an dem der Aushängekasten der Verwaltung angebracht war. In dem Anbau befand sich das Dienstzimmer des örtlichen Polizeibeamten. Plaß und Renger blickten durch das Fenster in den Dienstraum, konnten aber niemanden sehen. Auch die kleine Tür, die in den Anbau führte, war verschlossen. Zögernd gingen die beiden weiter zum Haupteingang. Die doppelflügelige Tür ließ sich auf der rechten Seite leicht öffnen und die beiden Männer betraten einen Flur, von dem mehrere Türen zu den Diensträumen der Amtsverwaltung abzweigten. Friedrich Plaß klopfte an der ersten Tür, es gab aber keine Reaktion. Erst beim Klopfen an der dritten Tür weiter hinten im Flur ertönte von drinnen ein „Herein".

Friedrich Plaß öffnete die Tür. Amtsbürgermeister Kreske saß hinter seinem Schreibtisch und machte keine Anstalten, zur weiteren Begrüßung der Männer aufzustehen. Er blickte Plaß an: „Sie haben die tote Frau im Wald gefunden?"

Plaß nickte.

„Kommen Sie herein." An Renger gewandt, der hinter Plaß in der geöffneten Tür stand, sagte Kreske: „Bitte warten Sie noch einen Augenblick draußen. Wir sprechen danach miteinander."

Das Dienstzimmer des Amtsbürgermeisters wirkte düster. Ein großer Schreibtisch mit zwei davorstehenden einfachen Holzstühlen, ein Rollaktenschrank und ein hellbrauner Aktenbock, der farblich hervorstach, weil die übrigen Möbelstücke dunkelbraun oder schwarz waren. An der Wand hinter dem Schreibtisch hing das obligatorische Führerbild, das einen ernstblickenden Adolf Hitler zeigte. Plaß fiel auf, dass das Zimmer stark nach kaltem Zigarrenrauch roch.

Kreske befragte Plaß, nachdem er den Zeugen auf einen der Holzstühle vor seinem Schreibtisch dirigiert hatte, zunächst nach seinen Personalien, die der Amtsbürgermeister akribisch notierte.

Dann blickte er Plaß lauernd an und fragte: „Weshalb sind Sie nicht bei der Wehrmacht? Das Alter hätten Sie doch."

„Ich war bereits an der Front, bin verwundet worden. Ich habe einen Granatsplitter nahe der Wirbelsäule abbekommen, den sich kein Arzt zu entfernen traut. Ich kann mein rechtes Bein zeitweise nicht bewegen."

Die Erklärung schien den Amtsbürgermeister zufrieden zu stellen. „Gut, sagen Sie mir zunächst einmal, was Sie im Hückerholz gemacht haben."

„Ich war Holz sammeln, für meine Eltern. Das mache ich regelmäßig am Wochenende. Die Kohlelieferungen reichen ja nicht aus."

Kreske überging die unterschwellige Kritik an der Versorgungssituation. „Wann genau waren Sie gestern im Wald?"

„Das muss so gegen 15:00 Uhr gewesen sein. Ich weiß, dass ich es etwas eilig hatte, weil es schon so spät war und es bald dunkel werden würde. Beim Holzsammeln sah ich zwei SS-Soldaten aus dem Wald kommen, die Fahrräder dabei hatten. Ich weiß noch, dass ich mich gefragt habe, was die beiden wohl mit den Fahrrädern im Wald gemacht haben."

„Sind Sie sicher, dass es sich um SS-Männer gehandelt hat?"

„Ja, ganz sicher. Es ist doch eine SS-Einheit bei uns im Dorfe untergebracht. Die Männer hatten die gleichen Uniformen an. Diese Uniformen sieht man jeden Tag bei uns."

„Es dunkelte doch bereits, da konnte man die Uniformen vielleicht doch nicht so gut erkennen, oder?"

Plaß schüttelte den Kopf. „Nein, ich bin mir ganz sicher, dass es SS-Uniformen waren."

„Berichten Sie weiter!"

„Die beiden Männer guckten so komisch und schauten sich, während sie weggingen, mehrere Male nach mir um, so als wollten sie sehen, was ich machte."

Kreske notierte die Aussage, dann blickte er Plaß wieder an und wartete.

„Da ich neugierig geworden war, habe noch einen Augenblick gewartet, bis die beiden SS-Männer verschwunden waren, dann bin ich in das Waldstückchen gegangen, aus dem die beiden gekommen waren, und da habe ich die tote Frau gefunden."

„Hatten Sie zuvor einen Schuss gehört?"

Plaß zögerte kurz. „Nein, daran kann ich mich nicht erinnern."

Der Amtsbürgermeister lehnte sich zurück.

„Dann waren die beiden SS-Männer offenbar gar nicht an dem Mord an der Frau beteiligt. Wenn die geschossen hätten ..., den Schuss hätten Sie doch hören müssen."

Plaß nickte. „Ja ... ich kann mir das nur so erklären ... Es waren zu dem Zeitpunkt zwei Flugzeuge in der Luft, die einen starken Krach gemacht haben. Vermutlich ist der Schuss durch den Lärm der Flugzeugmotoren übertönt worden."

Der Amtsbürgermeister machte sich weitere Notizen und wiegte dabei zweifelnd den Kopf. Er zog den Aschenbecher näher zu sich heran und griff in eine kleine Holzschachtel, die mittig vor ihm stand und entnahm ihr eine Zigarre, die er umständlich anzündete. Nachdem er einige Rauchwolken ausgestoßen hatte, fragte er: „Kannten Sie die tote Frau?"

„Nein, ich hatte sie vorher noch nie gesehen ... Aber ..."

Kreske unterbrach Plaß: „Ja?"

„Ihr Mann heißt mit Nachnamen Spiegel. Den hatte ich vorher ein paarmal gesehen. Ich glaube, die Familie wohnt in Bentrups Kotten."

„Was haben Sie gemacht, nachdem Sie die Leiche gefunden hatten?"

„Ich habe mein Bündel Holz neben der toten Frau abgelegt und bin dann auf die Straße gelaufen, die weiter unten am Wald vorbeiführt.

Da habe ich Ludwig Renger getroffen, der gerade vorbeikam. Ich habe mich mit ihm beraten und wir sind dann zum Ortsgruppenleiter Möller nach Hücker gegangen. Ludwig wusste, wo der wohnt. Bei dem haben wir die Sache gemeldet."

Kreske schrieb wieder. „Und dann?", fragte er, als er wieder aufblickte.

„Der Landrat, der zu Besuch bei dem Ortsgruppenleiter war, hat uns befohlen, an der Straße am Hückerholz zu warten, um der Polizei den Weg zu zeigen. Etwas später sind Sie dann mit dem Krankenwagen gekommen."

Kreske nickte. „Gut. Haben Sie noch etwas zu ergänzen?"

Plaß zögerte. „Sie haben mich nicht danach gefragt, wie die beiden SS-Männer ausgesehen haben und ob ich sie wiedererkennen würde."

Plaß konnte Kreske ansehen, dass ihm dieser Hinweis nicht gefiel. Der Amtsbürgermeister schien offenbar kein großes Interesse daran zu haben, dass der Mord schnell aufgeklärt wurde.

„Das ist jetzt noch nicht wichtig, ich werde den Fall morgen schon an die Bielefelder Gestapo abgeben. Beamte der Gestapo werden sich bestimmt noch einmal mit Ihnen unterhalten."

Kreske stand auf und schob Plaß das angefertigte Protokoll hin, der es nach flüchtigem

Durchlesen unterschrieb. Dann verabschiedete sich Kreske von Plaß. „Schicken Sie mir jetzt einmal den Ludwig Renger."

7. Kapitel

Dienstag, 7. November 1944

Es klopfte laut. Gottfried Spiegel öffnete die Deelentür. Ludwig Gremmel, der zum Stab von Ortsgruppenleiter Felschmann gehörte, stand in seiner braunen Parteiuniform mit Hakenkreuzbinde etwas verlegen vor ihm. Gremmel war deutlich kleiner als Spiegel, versuchte diesen Nachteil aber durch eine straffe, kerzengerade Haltung zu kompensieren. Aus seinem blassen, wenig markanten Gesicht stachen seine hellblauen Augen hervor, die an Spiegel vorbei unruhig in die dunkle Deele blickten. Gremmel schien der ihm erteilte Auftrag unangenehm zu sein. Deshalb kam er ohne Umschweife und emotionslos zur Sache: „Die Jüdin ist heute Nachmittag aus Bielefeld zum Martinsstift nach Spenge gebracht worden. Sie kann jetzt abgeholt werden."

Er drehte sich um und verschwand in der einsetzenden Dämmerung, ohne Spiegels Antwort abgewartet zu haben. Er hatte Spiegel nicht einmal in die Augen gesehen.

Gottfried Spiegel blieb noch einen Augenblick in der halbgeöffneten Tür stehen. Er hörte, dass Gremmel sein Motorrad startete und sah dann, dass sich der Lichtkegel des Scheinwerfers langsam Richtung Hunnebrock entfernte. Es dauerte etwas, bis Gottfried Spiegel seine Gedanken geordnet und sich aus der Starre gelöst hatte. Sein anfänglicher Zorn über Gremmels Worte „die Jüdin“ war sofort der Sorge um den Leichnam seiner Frau gewichen. Er wusste, dass es in Bielefeld eine Leichenschau gegeben hatte. Franziska war jetzt wieder im Spenger St. Martinsstift. Er musste seine Frau holen. Das war vordringlich. Möglicherweise lag sie im Keller des Stiftes oder in einem abgelegenen Flur. Er konnte dieses Bild, das in seiner Vorstellung immer mehr Gestalt annahm, nicht ertragen. Er durfte seine Frau in dieser Nacht nicht in Spenge lassen. Zumindest das musste er für seine Frau tun, wenn er sie schon nicht hatte beschützen können. Heinrich Bentrup, dessen Kotten er bewohnte, hatte ihm Unterstützung angeboten. Auf dieses Angebot wollte er jetzt zurückgreifen. Der Bauer hatte, solange Spiegel ihn kannte, nicht ein gutes Wort über die Nazis verloren.

***

Heinrich Bentrup half, ohne zu zögern. Als Gottfried Spiegel ihn aufsuchte, erklärte er sich sofort dazu bereit, Spiegel nach Spenge zu begleiten und den Leichnam seiner Frau zu holen. Er wies seinen polnischen Fremdarbeiter an, der neben ihm am Esstisch saß, den Kastenwagen mit zwei Pferden zu bespannen und mitzufahren. Damit missachtete Bentrup die Vorschriften der Regierung, denn den Fremdarbeitern war es nicht gestattet, gemeinsame Mahlzeiten mit den Deutschen einzunehmen.

Auf dem Weg nach Spenge fuhr Bentrup bei Tischlermeister Vossmer vorbei, der in der Gemeinde auch die Aufgaben des Bestatters wahrnahm. Der Bauer fand Vossmer in dem kleinen Stall, der an die Tischlerwerkstatt angebaut war, wo dieser gerade seine beiden Schweine versorgte. Vossmer versprach, umgehend mit der Arbeit am Sarg zu beginnen und ihn am kommenden Tag um die Mittagszeit bei Spiegel vorbeizubringen.

„Dafür nehme ich nichts“, sagte er, als sich Bentrup verabschiedete. „Wird Zeit, dass der Krieg zu Ende geht. Dann ist Schluss mit dem Pack.“

Der Bauer nickte. Der Schreinermeister und er kannten sich viele Jahre und konnten offen miteinander sprechen. Heinrich Bentrup war ein in der Gemeinde geachteter Bauer, hatte vor der Machtergreifung der Deutschnationalen Volkspartei angehört und eine Führungsposition in der örtlichen Stahlhelmgruppe bekleidet. Die Deutschnationalen und die Stahlhelmer hatten zwar anfangs mit den Nazis zusammengearbeitet, aber bald danach war es zum Zerwürfnis gekommen. Die DNVP hatte sich aufgelöst und die jüngeren Mitglieder des Stahlhelms waren – gegen ihren Willen – in die SA integriert worden. Das hatte auch bei Bentrup und Vossmer zu einer wachsenden Distanz zum Regime geführt.

Dann saßen die drei Männer wieder schweigend auf dem Wagen. Der junge Pole trieb die beiden Schleswiger Kaltblüter an, die langsam, aber willig den Brink nach Hücker-Aschen hinaufstapften. Die Unterbrechung ihrer Stallruhe schien den Pferden nichts auszumachen.

Das Mondlicht genügte, um den Weg zu beleuchten. Nur wenige Menschen waren unterwegs. Am Hücker Kreuz, wo sich die Straßen kreuzten, die einerseits die Städte Enger und Melle und andererseits die Orte Spenge und Bünde miteinander verbanden, standen zwei offenbar angetrunkene ältere Männer mit ihren anscheinend nicht minder alkoholisierten Frauen vor einer verdunkelten Gaststätte und unterhielten sich lautstark. Dabei rauchten die Männer. Ihre Zigaretten glühten in unregelmäßigen Abständen auf.

Die drei Männer auf dem Kastenwagen beachteten die neugierig zu ihnen Herüberblickenden nicht. Die halbgelallten Fragen nach dem Ziel ihrer Fahrt ließen sie unbeantwortet. Dann wurden die vier Gestalten auch schon von der Dunkelheit verschluckt.

Hinter dem Hücker Kreuz verlief die Straße zunächst abwärts. In der Senke, durch die sich ein schmaler Bach schlängelte, der von einer flachen Brücke überwunden wurde, wandte sich Heinrich Bentrup an Gottfried Spiegel, der neben ihm auf dem Kutschbock saß und teilnahmslos vor sich hinstarrte: „Vossmer hat mir vorhin gesagt, dass er für den Sarg nichts haben möchte. Er bringt ihn dir morgen Mittag vorbei."

Spiegel nickte und murmelte etwas Unverständliches.

„Die Menschen im Dorf sind aufgebracht. Sie verurteilen den Mord an deiner Frau."

Gottfried Spiegel schwieg. ‚Sie nehmen es aber hin', dachte er, ‚niemand protestiert öffentlich'. Die Angst vor der Gestapo war groß. In der Kriegszeit bestrafte das Regime jede Form der öffentlichen Kritik konsequent und mit unmenschlicher Härte. Vor wenigen Wochen hatte man im Nachbarkreis einen polnischen Kriegsgefangenen öffentlich aufgehängt, weil er eine verbotene sexuelle Beziehung zu einer Einheimischen unterhalten hatte.

„Wo hast du deine Frau kennengelernt?", bemühte sich der Bauer das Gespräch weiterzuführen.

Spiegel erwachte aus seiner Starre. „In Werl", sagte er. „Sie hat im Geschäft ihrer Eltern, einer Metzgerei, gearbeitet. Ich habe da häufiger eingekauft und mich irgendwann getraut, sie anzusprechen. Für Ihre Eltern war es nicht leicht, mich als Schwiegersohn zu akzeptieren. Sie hätten sich für ihre Tochter lieber einen jüdischen Ehemann gewünscht."

Heinrich Bentrup nickte. „Deine Franziska war eine schöne Frau. Ich kann dich gut verstehen …"

Nach einer Weile fragte der Bauer: „Was ist mit Franziskas Eltern?"

„Sie sind fort, nach Theresienstadt, das liegt in Böhmisch-Mähren. Vor zwei Jahren. Sie sollen dort in einem Judenghetto leben. Wir haben aber nach wenigen Wochen keine Lebenszeichen mehr von ihnen erhalten. Franziska hat Schlimmes befürchtet."

Langsam näherte sich der Wagen Spenge. Über die Adolf-Hitler-Straße, die den Ort von Norden nach Süden durchschnitt, ging es an der Kirche vorbei bis zur Poststraße, an der auch das St. Martinsstift lag, das im Krieg Entbindungshaus, Krankenstation und Altersheim zugleich war. Jan, der junge Pole, lenkte den Wagen bis vor die Eingangstür, über der zwischen zwei großen Kreuzen ein Relief angebracht war, das den

Heiligen Martin von Tours zeigte, der seinen Mantel zerschnitt und die eine Hälfte des Mantels einem nackten Bettler reichte.

Jan gab einen kurzen kehligen Laut von sich und zog an den Zügeln. Die Pferde blieben stehen.

Gottfried Spiegel und Heinrich Bentrup kletterten etwas steifbeinig vom Wagen und gingen zur Eingangstür. Unmittelbar auf ihr Läuten hin wurde die Tür geöffnet. Eine ältere, schwarz gekleidete Diakonisse mit weißer Haube musterte sie mit zunächst abweisendem Gesicht, doch dann schien sie zu merken, weshalb die beiden Männer gekommen waren, und bat sie herein.

„Sie kommen wegen der toten Frau?", fragte sie, während sie durch die offene Tür auf den Kastenwagen blickte.

„Franziska ist meine Frau", sagte Spiegel leise. „Ich möchte sie nach Hause holen."

Die Diakonisse verlor keine Worte des Trostes oder des Beileids. „Sie ist im Leichenkeller."

Die Diakonisse führte die beiden Männer eilig durch einen langen Flur. Aus einigen Zimmern rechts und links des Ganges drangen Stimmen an die Ohren der beiden Männer.

Der Gang endete vor einer zweiflügeligen Tür, hinter der sich eine breite Treppe befand, die abwärts in den Keller führte. Die Diakonisse betätigte den Lichtschalter und die drei stiegen schweigend die Treppe hinunter, die unten in einen Gang mündete. Nach wenigen Schritten blieb die Diakonisse stehen und öffnete eine Tür, die rechts am Gang lag.

Nachdem das Neonlicht aufgeflammt war, betraten die drei einen großen, kalten Raum. Den beiden Männern fröstelte trotz ihrer warmen Kleidung. Links an der Wand befand sich ein Tisch, auf dem ein menschlicher Körper lag, notdürftig mit einer schmutzigen Wolldecke verhüllt.

Gottfried Spiegel trat an den Tisch heran, während Heinrich Bentrup und die Diakonisse an der Tür stehen blieben. Behutsam fasste er nach der Decke und zog sie langsam nach unten. Als er in das bleiche Gesicht seiner Frau blickte, erstarrte er. Ihre Haare klebten an dem blutverschmierten Hals. Die Kleidung war ihr nach der Leichenschau nur nachlässig übergestreift worden. Zärtlich strich Spiegel seiner toten Frau über die eiskalte Wange.

Die Schwestern im Stift hatten sich nicht die Mühe gemacht, den Leichnam zu säubern und herzurichten. Sie hatten die tote Frau einfach in den Kellerraum gelegt, so wie man einen Sack Kartoffeln irgendwo abstellt. Zornig blickte Spiegel die Diakonisse an, sagte aber nichts.

Die Frau schien nicht zu spüren, welche Gefühle Spiegel überkamen. „Damit können Sie die Tote nach oben bringen“, sagte sie und deutete auf eine Trage, die neben dem Tisch an der Wand lehnte.

Heinrich Bentrup nahm die Trage und stellte sie auf den Boden. Dann trat er zu Gottfried Spiegel an den Tisch und bedeutete ihm den Leichnam seiner Frau vom Tisch zu heben und auf die Trage zu legen.

Schweigend traten die beiden Männer, den Leichnam der ermordeten Frau zwischen sich auf der Trage, den Rückweg an. Die Diakonisse folgte ihnen.

Draußen hoben die beiden Männer den Leichnam behutsam auf den Kastenwagen. Heinrich Bentrup stellte die leere Trage neben der Tür ab und verabschiedete sich mit knappen Worten von der Diakonisse. Gottfried Spiegel hatte die Frau keines weiteren Blickes gewürdigt.

Der junge Pole machte mit den Zügeln eine peitschenförmige Bewegung und schnalzte mit der Zunge. Er gab den Pferden damit zu verstehen, dass es nun weiterging. Die Pferde zogen an und die Räder des Kastenwagens begannen sich knarrend zu drehen.

Auf der Rückfahrt herrschte wieder Schweigen. Während der Bauer und sein Fremdarbeiter vorn auf dem Wagen Platz genommen hatten, kauerte Gottfried Spiegel neben dem Leichnam seiner Frau.

Die Pferde stapften im Gleichschritt durch die inzwischen stockfinstere Nacht. In keinem der umliegenden Häuser brannte ein Licht. Nur der Mond sorgte dafür, dass die Männer den Straßenverlauf erkennen konnten. Die Gaststätte am Hücker Kreuz war inzwischen geschlossen. Niemand war zu sehen. Aus der Ferne hörten die Männer das Dröhnen von Flugzeugmotoren. Wahrscheinlich waren es amerikanische B-17-Bomber, die die Region in diesen Wochen immer öfter überflogen und ihre Bombenlast über den umliegenden größeren Städten abwarfen. Die Sirene in Spenge heulte auf. Fliegeralarm. Das singende Surren der Flugzeuge kam näher, blieb einen Augenblick über dem Gefährt mit den drei Männern und der toten Frau und entfernte sich dann wieder. „Das waren mindestens 20 Flugzeuge", sagte Heinrich Bentrup und deutete nach Nordwesten, „sie fliegen in Richtung Osnabrück".

Spiegel nickte. Ihre Gemeinde war bislang von Bombenabwürfen verschont geblieben. In Löhne und im benachbarten Herford hingegen hatte es in den vergangenen Monaten mehrfach Bombenabwürfe gegeben, die zahlreiche Opfer gefordert hatten.

„Wo soll deine Frau beerdigt werden?", durchbrach Heinrich Bentrup schließlich das lange Schweigen.

Gottfried Spiegel zuckte mit den Schultern. „Ich weiß es nicht. Wir wohnen in Werfen. Da kommt doch wohl nur der Friedhof in Hunnebrock in Frage …"

Bentrup nickte bedächtig. „Ich kümmere mich morgen früh darum", versprach er.

8. Kapitel

Mittwoch, 8. November 1944

Gottfried Spiegel liefen Tränen über die Wangen, während er seiner Frau das Haar kämmte. Er war müde, hatte die Nacht nicht geschlafen. Sein Sohn Rolf war bei den Großeltern in Bünde geblieben.

Als es draußen hell wurde, hatte Spiegel damit begonnen seine Frau zu waschen, ihre blutverklebten Haare zu säubern und ihr ihr altes Hochzeitskleid anzuziehen. Das Kleid hatte sie damals von ihrer Mutter erhalten, es war aus dunklem Stoff, so wie es die Bräute früher getragen hatten. Es erinnerte ihn an einen der schönsten Tage seines Lebens. Er hätte nicht im Traume daran gedacht, dass seine Frau es noch einmal tragen würde.

Er war gerade damit fertig seine Frau zu kämmen, als es an der Tür klopfte. Heinrich Bentrup stand vor dem Kotten, er hatte sich mit seiner rechten Hand auf sein Fahrrad gestützt.

Spiegel blickte ihn mit rotgeränderten, müden Augen an: „Komm herein."

Er führte den Bauern über die Deele in die gute Stube seiner Wohnung, wo er seine Frau auf dem Tisch aufgebahrt hatte.

Heinrich Bentrup verharrte einen Augenblick

schweigend vor der Toten. Dann wandte er sich an Spiegel: „Mit der Beerdigung deiner Frau gibt es ein Problem“, sagte er zögernd und mit belegter Stimme. „Ich war eben beim Pfarrer in Bünde, er lehnt es ab, deine Frau auf dem Hunnebrocker Friedhof zu bestatten. Sie sei keine Christin und ihr hättet euch noch nie in seiner Kirche blicken lassen.“

Gottfried Spiegel schluckte. Das stimmte zwar, aber hier ging es doch nur darum, dass ein Mensch, egal ob Christin oder Jüdin, beerdigt werden musste. An eine solche Reaktion des Pfarrers hatte er im Traum nicht gedacht. Er hatte seine Frau nicht mit zum Gottesdienst genommen, weil das in der Gemeinde mit Sicherheit für Unruhe gesorgt hätte. Sie lebten sehr zurückgezogen in Bentrups Kotten und hatten kaum Kontakte zu anderen Menschen. Spiegel selbst hatte den Gottesdienst gemieden, weil er seine Frau und seinen Sohn nicht alleinlassen wollte. Wenn er schon wegen seiner Arbeit alltags abwesend sein musste, so wollte er doch am Sonntag soviel Zeit wie möglich mit seiner Frau und seinem Sohn verbringen.

„Und jetzt?“, fragte er mit belegter Stimme. Er hatte das Gefühl, plötzlich das letzte bisschen Halt unter seinen Füßen verloren zu haben.

Der Bauer hob die Schultern. „Ich weiß es auch

nicht. Wir haben noch bei der Stadtverwaltung in Enger angerufen, weil es da einen jüdischen Friedhof gibt. Aber die haben gesagt, dass der Friedhof geschlossen sei, dass dort keine Beerdigungen mehr stattfinden können. Ich wette, die Gestapo übt Druck auf die Leute aus."

„Soll ich meine Frau wie einen Hund auf dem Feld vergraben?"

Heinrich Bentrup schwieg.

***

Es war schon weit nach Mitternacht, als der Kastenwagen vor dem Kotten hielt. Die beiden Kaltblüter schnaubten ihren weißen Atem in die Dunkelheit und scharrten unruhig mit den Hufen.

Gottfried Spiegel öffnete die Tür, ließ Heinrich Bentrup herein und führte den Bauern in das Wohnzimmer. Beide Männer nahmen wortlos den Sarg, den Tischlermeister Vossmer am frühen Nachmittag vorbeigebracht hatte, trugen ihn über die Deele und schoben ihn draußen auf den Kastenwagen. Giesbert Ahrens, der mit seiner Frau den linken Teil des Kottens bewohnte, hielt den beiden die Tür auf. Rolf Spiegel war ebenfalls auf den Wagen geklettert und hockte sich neben den Sarg auf die Ladefläche. Er weinte.

Jan Kosma, der junge Pole, hatte seinen Platz auf dem Kutschbock nicht verlassen. Nachdem sich die beiden Männer zu ihm gesetzt hatten, trieb er die Pferde an. Niemand sprach. Bald hatten sie wieder die befestigte Straße erreicht, die sie aber bereits nach wenigen hundert Metern verließen und nach rechts in einen Feldweg einbogen. Sie näherten sich ihrem Ziel. Das Gefährt rumpelte über den unebenen Boden des Feldweges. Gottfried Spiegel blickte nach hinten auf den Sarg, der jede Bewegung des Wagens mitmachte, und bedeutete dem Polen etwas langsamer zu fahren.

Der Himmel war wolkenlos. Es war kalt, der Winter war im Anmarsch. Bei dem Licht des zunehmenden Mondes hatten sich die Augen der Männer an die Dunkelheit gewöhnt. Sie waren in der Lage, ihre Umgebung genau wahrzunehmen.

Als der junge Pole das Gefährt vor einer Baumreihe zum Stehen brachte, die ein Wiesengelände von dem Feldweg abgrenzte, wusste Gottfried Spiegel, dass sie ihr Ziel erreicht hatten.

Das Flurstück trug den Namen *Im Paradies*, wie ihm Bentrup erklärt hatte. Gottfried Spiegel lächelte bitter. Zweifellos ein passender Name. Wenn jemand den Zugang zum Paradies verdiente, dann seine Frau, seine sanfte, schöne Frau, die nie jemandem etwas zu Leide getan hatte.

Nachdem Heinrich Bentrups Bemühungen um einen Begräbnisplatz auf dem Bünder Friedhof ebenfalls erfolglos geblieben waren, hatte ihm der Bauer am Nachmittag gesagt, dass ihnen nun nichts anderes übrig bliebe, als Franziska Spiegel auf diesem Flurstück zu beerdigen. Bei einbrechender Dunkelheit hatte der Bauer deshalb den jungen Polen damit beauftragt, heimlich ein Grab auszuheben.

Diese gut anderthalb Meter tiefe Grube lag jetzt direkt vor ihnen. Jan ließ die Pferde anhalten. Die Männer stiegen ab und hoben den Sarg vom Wagen.

Bentrup hatte zwei dicke Seile mitgebracht, die sie unter den Sarg legten. Gottfried Spiegel und der junge Pole hielten die Enden des einen Seils, das sich unter dem Kopfteil des Sarges befand, während der kräftige Bentrup das Seil, das um das Fußende des Sarges gelegt war, alleine hielt. Langsam senkten sie den Sarg in die Grube.

Schweigend standen die Männer am offenen Grab. Gottfried Spiegel hielt seinen zitternden Sohn fest umklammert und presste ihn an seine Brust. Schließlich gingen Heinrich Bentrup und Jan, der Spiegel zuvor mit einer hilflosen Geste die Hand auf die rechte Schulter gelegt hatte und ebenfalls weinte, zum Wagen zurück.

Gottfried und Rolf Spiegel verharrten noch einige Minuten, dann lösten auch sie sich aus ihrer Starre.

Bentrup und Spiegel verabschiedeten sich von dem jungen Polen, der die Schaufel vom Wagen nahm und damit begann, das Grab zuzuschaufeln. Er würde später zu Fuß nachkommen.

Heinrich Bentrup hatte nach den Zügeln gegriffen. Die Pferde zogen an und der Wagen setzte sich in Bewegung. Gottfried Spiegel spürte plötzlich eine Mischung aus Wut und Hass in sich aufsteigen. „Dafür wird jemand bezahlen müssen", sagte er. Am liebsten hätte er diesen Satz so laut wie möglich in die Nacht hinausgeschrien.

9. Kapitel

Dienstag, 3. April 1945

Die SS-Panzerdivision *Leibstandarte Adolf Hitler* war noch im November 1944 aus Ostwestfalen abgezogen worden, um an der anstehenden, aber letztendlich erfolglosen Ardennen-Offensive der deutschen Wehrmacht teilzunehmen.

Für die Bevölkerung der Stadt Bünde und der Gemeinden des Amtes Ennigloh war der Zweite Weltkrieg am Dienstag nach Ostern, dem 3. April 1945, zu Ende. Panzertruppen der 9. US-Armee General Simpsons erreichten um die Mittagszeit das Stadtgebiet. Die zuvor errichteten Panzersperren waren auf Anordnung der NSDAP-Ortsgruppenleitung wieder abgebaut worden, um einen militärischen Angriff auf die Stadt zu verhindern. Der Volkssturm hatte sich aufgelöst. Aus den Häusern hingen weiße Fahnen. Die Panzertruppen gelangten ohne Gegenwehr in die Stadt. Der Ortspolizist Wilhelm Vocke musste als Schutzschild auf dem ersten amerikanischen Panzer mitfahren, um etwaige Angriffe deutscher Werwölfe zu verhindern.

Die amerikanischen Truppen mit ihren farbigen Soldaten wurden von der Bevölkerung, die rechts und links der Straßen standen, bestaunt. Die Menschen waren froh darüber, dass die

Kriegshandlungen nun endlich vorbei waren, aber nur wenige empfanden die amerikanischen Panzertruppen als Befreier. Zu diesen Wenigen gehörten Gottfried und Rolf Spiegel.

Die Spitze der amerikanischen Truppen hielt sich nicht in Bünde auf, sondern fuhr weiter Richtung Löhne und Bad Oeynhausen, um an der Weser den Kampf gegen die sich dort formierenden Reste der deutschen Wehrmacht aufzunehmen.

Eine Nachhut der Amerikaner besetzte alle öffentlichen Gebäude in Bünde und übernahm die örtliche Kommandogewalt. Der Bürgermeister wurde seines Amtes enthoben, wenig später wurden die Ortsgruppenleiter, darunter auch Felschmann, und ihre engeren Mitarbeiter inhaftiert und in Internierungslager gebracht.

Teil 2

1. Kapitel

Montag, 16. August 1948

„Ich möchte Ihnen einen neuen Kollegen vorstellen." Die Augen der drei Männer richteten sich auf den mittelgroßen Mann, der zusammen mit Kriminaloberinspektor Thomas Rehling das Besprechungszimmer im Bielefelder Polizeipräsidium betreten hatte. Rehling blickte in die kleine Runde, die sich wie üblich am Montagmorgen im Besprechungszimmer versammelt hatte, und wies auf seinen Begleiter: „Das ist Kriminalinspektor Zöllner, er gehört ab heute unserer Abteilung an."

Rehling machte Zöllner mit seinen neuen Kollegen bekannt. Kriminalinspektor Gustav Schrader, ein fülliger Mann mit Glatze und rotem Gesicht, saß auf der rechten Seite des Tisches. Er verzog keine Miene. Ihm war deutlich anzumerken, dass er den neuen Kollegen mit Skepsis betrachtete. Kriminalinspektor Karl-Heinz Newes, der neben Schrader saß, schien abzuwarten. Er war ein gutaussehender Mann, hatte ein offenes, freundliches Gesicht und schien Wert auf modische Kleidung zu legen. Der dritte Mann war – wie Zöllner gerade von Rehling erfuhr – Kriminalassistent Friedrich Kemper, der jüngste der drei Beamten. Er neigte den Kopf und nickte Zöllner freundlich zu.

Schrader, Dienstältester der drei Kriminalpolizisten, ließ seine Verwunderung über den Neuzugang durchscheinen. Als Rehling kurz schwieg, sagte er mit einem süffisanten Grinsen: „Es hieß doch vor kurzem noch, dass der Stellenplan keinen Raum für weiteres Personal böte."

Rehling nickte. „Ja Schrader, Sie haben Recht, das galt noch vor wenigen Tagen. Wir haben Glück gehabt. Es ist uns doch noch eine Stelle bewilligt worden. Arbeit haben wir ja genug. Ich möchte, dass Sie Ihrem neuen Kollegen jede Form der Unterstützung zuteil werden lassen. Er war einige Jahre nicht im Dienst, wird sich aber schnell wieder einfinden." Bei seinem letzten Satz blickte Rehling den neben ihm stehenden Zöllner an.

Diese Bemerkung sorgte dafür, dass Schrader den neuen Kollegen noch aufmerksamer betrachtete. Zöllner konnte Schrader, aber auch den beiden anderen zukünftigen Kollegen ansehen, dass sie nicht so recht wussten, wie sie ihn einzuordnen hatten.

Zöllner hingegen hatte Schrader sofort erkannt, auch wenn er älter und deutlich fülliger geworden war. Er schien die Kriegszeit gut überstanden zu haben. Fast zehn Jahre war es her, dass sie einander in Hamm begegnet waren. Für Schrader war das vermutlich kein erinnernswertes Zusammentreffen gewesen, bei Zöllner hatte sich die Begegnung ins Gedächtnis gebrannt.

Im weiteren Verlauf der Besprechung berichteten die drei Kriminalbeamten von ihren aktuellen Fällen und den jeweiligen Ermittlungsständen dazu. Zöllner gewann so einen ersten Überblick über die Situation in der Abteilung. Schrader bearbeitete einen Mordfall in einem örtlichen Hotel und stand offenbar kurz vor der Aufklärung, Newes untersuchte einen Einbruch in ein Juweliergeschäft, war da aber noch nicht so recht vorangekommen, und Kemper ermittelte gegen eine Bande, die sich auf den Diebstahl von Autoreifen spezialisiert hatte.

Rehling leitete die Sitzung souverän und sachorientiert. Abschweifungen seiner Beamten ließ er nicht zu. Aus Rehlings eigenen konstruktiven Hinweisen ersah Zöllner, dass sein neuer Chef über eine große praktische Erfahrung verfügte.

Rehling schloss die Besprechung mit den Worten: „Weiter geht's, meine Herren, der Feind ist wach, wir müssen wacher sein.“ Das war, wie Zöllner später von Kemper erfuhr, Rehlings Standardspruch.

Während sich die drei Kriminalbeamten erhoben, wandte sich Rehling an Friedrich Kemper:

„Herr Kemper, Sie teilen sich ab heute mit Herrn Zöllner das Zimmer. Ein Schreibtisch für ihn ist dort ja vorhanden. Kümmern Sie sich bitte darum, dass er alle nötigen Dinge erhält."

Der Jüngste aus der Runde nickte. Ob er sich darüber freute, sein Büro mit einem neuen Zimmerkollegen zu teilen, war ihm nicht anzusehen.

***

Rehling zeigte auf den Stuhl, der vor seinem Schreibtisch stand. „Nehmen Sie Platz."

Zöllner setzte sich. Rehling zündete sich eine amerikanische Filterzigarette an. „Das ist schon seltsam", sagte er. „Noch letzte Woche hieß es, dass es völlig illusorisch sei, auf eine weitere Planstelle zu hoffen, die wir übrigens dringend benötigen. Freitag bekam ich einen Anruf aus dem Ministerium und heute morgen stehen Sie vor meiner Tür. Erklären Sie mir das mal!" Rehling blickte seinen Gegenüber misstrauisch an.

„Ich habe vor ein paar Wochen den Antrag gestellt, wieder in den Polizeidienst zurückzukehren. Sie haben ja bestimmt aus der Akte ersehen, dass ich 1933 aufgrund des Berufsbeamtengesetzes aus dem Dienst ausscheiden musste." Zöllner hielt sich bedeckt, er musste Rehling ja nicht auf die Nase binden, dass er seinen Großonkel Carl

Severing eingeschaltet hatte, der jetzt im Landtag saß, als sich die Bearbeitung seines Antrages endlos hinzog. Onkel Carl schien noch immer ausgezeichnete Kontakte bis in höchste politische Ebenen zu besitzen.

Rehling nickte. „Sind Sie Kommunist?“

Zöllner lächelte dünn. „Nicht ganz so schlimm. Ich war in der SPD. Das hat nach der Machtergreifung der Nazis aber auch gereicht, um entlassen zu werden.“

Rehling drückte die Zigarette aus und wischte dann mit dem Zigarettenfilter den Boden des Aschenbechers sauber. Asche und Stummel kippte er danach in den Papierkorb, der neben seinem Schreibtisch stand. Auf Zöllners erstaunten Blick erklärte er grinsend: „So werden alle Spuren der Tat verwischt.“

Dann wurde Rehling wieder ernst: „Was haben Sie gemacht, nachdem Sie entlassen worden sind?“

„Alles Mögliche. Ich habe eine Zeit lang bei meinen Schwiegereltern im Geschäft geholfen, habe auch zwei Jahre als Wachmann gearbeitet und bin 1939 zur Wehrmacht eingezogen worden.“

„Und nach Kriegsende? Warum wollen Sie erst jetzt wieder zurück zur Kripo?“

„Das hatte private Gründe. Zuerst war ich in

Kriegsgefangenschaft und meine Frau ist …“ Zöllner schüttelte den Kopf und brach den angefangenen Satz ab. „Darüber möchte ich nicht sprechen. Sagen wir einfach, ich brauchte etwas Zeit und Abstand.“

Rehling gab sich mit der Antwort zufrieden. Er griff nach zwei dünnen Akten, die auf der linken Seite seines Schreibtisches lagen.

„Gut. Herr Zöllner, ich habe hier zwei Fälle für Sie, die ein wenig Fingerspitzengefühl erfordern. Fangen Sie mal damit an.“

***

„Na, was hat Ihnen der Alte zum Einstand aufs Auge gedrückt?“ Der junge Kemper, den Zöllner auf Mitte Zwanzig schätzte, schien einen lockeren Umgangston zu pflegen. Zöllner lächelte. Unsympathisch war ihm der junge Kriminalassistent nicht, der einen freundlichen Charakter zu haben schien und offenbar gut durch den Krieg gekommen war.

Er zeigte auf eine der beiden Akten, in die er schon auf dem Flur einen flüchtigen Blick geworfen hatte. Die Akte bestand nur aus wenigen Blättern. „Eine schreckliche Sache. Ein Mord an einer jüdischen Frau, wenige Monate vor Kriegsende.“

Kemper nickte. „Ach, der Fall Spiegel. Die Akte liegt schon seit einigen Monaten auf dem Schreibtisch vom Alten. Der Ehemann der Ermordeten war vor ein paar Tagen wieder einmal hier. Er hat sich schrecklich darüber aufgeregt, dass von unserer Seite immer noch nichts unternommen worden sei."

„Woran liegt das?"

„Rehling hat vor einiger Zeit mal in einer Sitzung gesagt, die Aussicht darauf, den Fall jetzt noch aufklären zu können, sei äußerst gering. Wir hatten so viele andere, dringendere Fälle."

Zöllner griff noch einmal nach der Akte und begann in ihr zu blättern. Nach einer Weile sagte er: „Vielleicht hat sich jetzt die Situation geändert. Hier ist ein Schreiben des Ehemanns der Ermordeten. Das Schreiben scheint er persönlich abgegeben zu haben, als er vor ein paar Tagen hier war. Er schreibt: ‚Ein Frl. Lena Roedinger, wohnhaft in Hunnebrock, in dem Hause des Schlossermeisters Kehlenbrink, hat mir vor kurzem persönlich erzählt, sie habe mit einem SS-Mann, der damals hier stationierten Einheit *Leibstandarte Adolf Hitler,* 4. Batallion, verkehrt. Dieser Mann habe ihr erzählt, er selbst habe die Ermordung meiner Frau ausführen sollen, habe es aber abgelehnt, weil er Katholik sei, und er keinen Krieg gegen Frauen führen würde. Er sei bei dem Antreten der

Einheit, wie schon gesagt, für diese Ermordung befohlen worden. Aufgrund seiner Befehlsverweigerung sei er gerügt worden. Dann habe man aber zwei jüngere Kameraden zur Ausführung des Mordes bestimmt.'"

Der junge Kemper ließ einen leisen Pfiff ertönen. „Sie könnten recht haben. Vielleicht lässt sich über den Freund dieser Lena herausfinden, wer den Auftrag letztendlich ausgeführt hat."

Zöllner nickte. „Und wer ihn erteilt hat." Er überlegte kurz. „Was muss ich tun, um morgen über ein Fahrzeug verfügen zu können? Ich werde ja wohl einmal nach Bünde fahren müssen, um mich mit dem Herrn Spiegel zu unterhalten."

„Wir haben einen neuen Volkswagen, einen älteren Opel, den wir uns allerdings mit der Sitte teilen müssen, und ein Motorrad. Wenn Sie morgen ein Auto benötigen, müssen Sie das beim Alten beantragen, am besten heute noch. Bei ihm liegen auch die Autoschlüssel. Hier in der Stadt sollen wir die Wege soweit wie möglich mit dem Motorrad, dem Bus oder der Straßenbahn zurücklegen."

***

Am Nachmittag erhielt Zöllner seinen Dienstausweis und seine Dienstwaffe, eine Walther PPK, die er, ohne sie näher zu betrachten, in seine Schreibtischschublade schob. Danach verschloss er die Schublade, da er nicht vorhatte, die Dienstwaffe ständig mit sich zu führen. Seit dem Krieg mochte er keine Waffen mehr.

Er hatte sich inzwischen die dünne Akte zum Fall Spiegel etwas genauer angesehen. Die Akte enthielt nur wenige Schriftstücke. Ins Auge fiel der Tatortbericht des Spenger Amtsbürgermeisters. Kreske, so hieß der Mann, hatte auch die ersten Ermittlungen vorgenommen. Er hatte einen jungen Mann, der die tote Frau Spiegel gefunden hatte, befragt, die Ermittlungsakte dann offenbar rasch an die Bielefelder Gestapo weitergegeben. Diese hatte keine weiteren Anstalten gemacht, ernsthaft nach den Tätern zu suchen. Die Akte war schließlich im Januar 1945 an die Polizeiverwaltung des Amtes Ennigloh abgegeben worden, wo sie bis nach Kriegsende verblieben war, ohne dass der Enniglohér Ortspolizeiposten die Möglichkeit gehabt hätte, Mitglieder der aus der Region verschwundenen SS-Einheit zu befragen. Erst im Jahre 1946 war die Akte bei der Bielefelder Staatsanwaltschaft gelandet.

In den Schriftstücken, die während der Zeit des Dritten Reiches entstanden waren, wurde die Ermordete durchgehend mit dem zusätzlichen Vornamen „Sara“ benannt. Zöllner wusste, dass die Reichsregierung im Jahre 1939 verfügt hatte, dass alle jüdischen Frauen den Zusatznamen *Sara* und alle jüdischen Männer den zusätzlichen Vornamen *Israel* führen mussten, um sie sofort als Juden kenntlich zu machen.

Der zweiten Akte lag ein Einbruch bei der Gemeindeverwaltung Jöllenbeck zugrunde. Ende Mai waren aus einem Stahlschrank, den man des Nachts aufgehebelt hatte, Lebensmittelmarken entwendet worden. Die Räuber hatten die Räumlichkeiten gut gekannt, so dass davon auszugehen war, dass sie Mitwisser oder Informanten gehabt hatten, die bei der Gemeindeverwaltung beschäftigt waren. Die Ermittlungen in diesem Fall waren nicht so recht vorangekommen, so dass Zöllner die Chancen, den Fall noch aufklären zu können, als eher gering einschätzte. Nach der Währungsreform ging die Zeit der Bezugsscheinwirtschaft und der Lebensmittelmarken ohnehin ihrem Ende entgegen. Die Marken waren für die Diebe heute nichts mehr wert.

***

Nach Dienstschluss ging Zöllner zu seiner Wohnung, die in der Schillerstraße lag. Er verzichtete darauf, die überfüllte Straßenbahn zu nehmen, und genoss den Spaziergang durch die Innenstadt. Die Sonne schien um diese Uhrzeit noch intensiv genug, um Zöllner zum Schwitzen zu bringen. Die Menschen, die ihm entgegenkamen, trugen luftige Sommerkleidung. Zöllner zog sein Jackett aus und hängte es sich über die rechte Schulter. Überall war zu sehen, dass man dabei war, die Bombenschäden des Krieges zu beseitigen. Es würde aber wohl noch eine Zeit lang dauern, bis äußerlich nichts mehr an den Krieg erinnerte. Die körperlichen und seelischen Verletzungen der Menschen würden nicht so leicht zu reparieren sein, hatte der Krieg doch die Lebensläufe Unzähliger abrupt beendet oder zumindest durcheinander gebracht.

In seiner Wohnung in der Schillerstraße fand Zöllner im Briefkasten einen Brief seiner Frau, der mit einer englischen Briefmarke und dem Poststempel der Stadt Canterbury versehen war, sowie ein Exemplar der *Freien Presse*, das ihm der Wohnungsnachbar, nachdem dieser die Zeitung ausgelesen hatte, freundlicherweise überließ. Er betrachtete den Briefumschlag unschlüssig, öffnete dann seine Wohnungstür und legte den Umschlag auf den Küchenschrank zu dem kleinen Stapel mit den anderen Briefen, die er in den letzten Monaten von seiner Frau erhalten hatte. Er würde den Brief später lesen.

Er brühte sich einen Malzkaffee, bevor er sich

an den Küchentisch setzte, wo er sich eine *Eckstein* anzündete, rauchte und den Kaffee in kleinen Schlucken trank. In der Zeitung wurde über Käuferstreiks und Unruhen in der Bevölkerung verschiedener westdeutscher Städte wegen der nach der Währungsreform enorm angestiegenen Preise berichtet. Die sozialdemokratischen Vertreter im Wirtschaftsrat der Bizone, der die Wirtschaftspolitik zu koordinieren hatte, forderten die Abberufung Ludwig Erhards als Wirtschaftsdirektor, da er die Währungsreform maßgeblich gestaltet hatte. Die Schlagzeile eines Artikel über den Bielefelder Wochenmarkt lautete: „Angebote locken – aber die Preise?“ An anderer Stelle berichtete die Zeitung über die in London stattfindenden Olympischen Spiele, an denen teilzunehmen einer deutschen Mannschaft nicht gestattet war.

Nachdem Zöllner eine zweite Zigarette geraucht hatte, überlegte er, woraus die Abendmahlzeit bestehen könnte. Da er vom Vortag noch einige gekochte Kartoffeln hatte, fiel die Entscheidung leicht. Er stellte die Bratpfanne auf den Gasherd, schnitt die Kartoffeln in Scheibchen und gab eine zerschnittene Zwiebel und Margarine sowie Speckwürfel dazu. Während die Bratkartoffeln anfingen zu brutzeln, zerschlug er ein Ei, das er in einer Pfannenecke briet. Die Versorgungssituation war inzwischen viel besser geworden. Nach der Währungreform war die Bezugsscheinwirtschaft immer weiter abgebaut worden, es war inzwischen leicht, an Nahrungsmittel zu kommen – sofern man über hinreichend Geld verfügte. Nachdem am 20. Juni jede Person, egal, ob Alt oder Jung, 40 DM erhalten hatte, wartete Zöllner – wie viele andere auch – darauf, dass die zweite Rate des „Kopfgeldes“ in Höhe von 20 DM ausgezahlt wurde. Man munkelte, dass das Ende August oder Anfang September der Fall sein würde.

Nach dem Essen holte er den Brief seiner Frau, öffnete den Umschlag und zündete sich, bevor er das mit lila Tinte beschriebene Blatt entfaltete, eine weitere Zigarette an.

„Lieber Gernot“ schrieb Edith, *„ich kann mir gegenwärtig nicht vorstellen, nach all den Entwürdigungen nach Deutschland zurückzukehren. Auch meine Eltern haben die Absicht, hier in England zu bleiben, obgleich auch hier nicht alles rosig ist und wir auch in England einigen Anfeindungen ausgesetzt sind. Unser Leib und Leben ist aber nicht bedroht und in der jüdischen Gemeinde finden wir Rückhalt und Unterstützung. Ich habe eine neue Stellung bei einer Familie als Hausmädchen gefunden und Vater hilft im Textilgeschäft seines Cousins.*

Ich vermisse dich sehr!! Wir müssen aber bald eine Entscheidung treffen. Wenn wir wieder zusammenleben wollen, können wir das wohl nur hier in England. Ich könnte mit Hilfe unserer Gemeinde erreichen, dass du nach England kommen und hier dauerhaft leben kannst. Du musst irgendwann wissen, was du willst. Ewig kann und will ich nicht mehr warten.

Ich liebe dich!!

Edith"

Zöllner hatte diese Worte befürchtet. In ihren letzten Briefen hatte Edith immer deutlicher von ihm eine Entscheidung verlangt. Und er? Er war zu dieser Entscheidung nicht bereit, noch nicht bereit. Ein Leben in England kam für ihn eigentlich nicht in Frage. Er glaubte nicht, in England wirklich Fuß fassen zu können. Edith und ihre Eltern waren da anders, beweglicher. Er, Zöllner, tat sich, wenn er sich selbst gegenüber ehrlich war, schwer damit, irgendwo anders als in Deutschland zu leben. Aber wie dem auch sei, die Bedingungen standen fest, es war jetzt an ihm, eine Entscheidung zu treffen.

2. Kapitel

Dienstag, 17. August 1948

Nachdem sich Zöllner am Vormittag weiter mit den beiden Akten vertraut gemacht und überlegt hatte, wie er vorgehen wollte, ging er am Nachmittag zu Rehling, um sich den Schlüssel für das tags zuvor bestellte Auto abzuholen.

„Sie können den VW haben. Sie sind doch im Besitz eines Führerscheins?"

Zöllner nickte. Rehling war zufrieden und schob Zöllner den Zündschlüssel hin.

Im Hinterhof öffnete Zöllner die Garage und bestaunte das gute Stück, das er hier vorfand. Die graue VW-Limousine war fabrikneu, sie sah elegant aus und hatte ovale, senkrecht geteilte Heckscheiben. Der im Heck untergebrachte Motor schaffte gut und gerne 25 PS. Zöllner wusste, dass diese Autos, die vor dem Krieg der Öffentlichkeit als KdF-Wagen vorgestellt worden waren, erst seit etwa einem Jahr wieder in Wolfsburg produziert wurden. Die Bielefelder Kriminalpolizei hatte Glück gehabt, eines dieser Fahrzeuge zu erhalten.

Zöllner setzte sich in das Fahrzeug, trat, um sich zu orientieren, die Kupplung und probierte die Gänge und den Winker aus. Dann ließ er das Auto an und legte den Rückwärtsgang ein. Als er vom Hof fuhr, überkam ihn ein Gefühl der Zufriedenheit. Das letzte Mal, dass er hinter dem Steuer eines Autos gesessen hatte, lag einige Jahre zurück. Seine Schwiegereltern hatten einen Ford Taunus besessen, mit dem auch er gelegentlich gefahren war.

Nachdem er die Bielefelder Innenstadt verlassen hatte, begegneten ihm nur noch wenige Fahrzeuge. Manche Streckenabschnitte waren in einem beklagenswerten Zustand, da während des Krieges und auch in den Jahren unmittelbar danach kaum in die Straßen investiert worden war. Zöllner musste das Tempo häufig verringern, um größere Schlaglöcher zu umfahren.

Der Himmel war bedeckt, aber gelegentlich durchbrach helles Sonnenlicht die Wolken. Auf den Feldern waren die Menschen mit dem Einbringen der Ernte beschäftigt. Überall standen von Pferden gezogene Leiterwagen, auf die Getreidegarben geladen wurden. Die Ernte würde in diesem Jahr wohl deutlich besser ausfallen als in den vergangenen Jahren. Die Hungerzeit schien dem Ende entgegen zu gehen.

Über Schildesche mit dem Eisenbahnviadukt, das in den letzten Kriegsmonaten zerstört und im vergangenen Jahr mit einer zweigleisigen Behelfsbrücke wieder in Betrieb genommen worden war, Brake und Enger gelangte Zöllner nach Bünde.

Im Zentrum der Stadt waren nach Kriegsende wichtige Verwaltungseinrichtungen der britischen Militärregierung untergebracht worden, weshalb immer noch viele Gebäude von der Besatzungsmacht beschlagnahmt waren. Soldaten in englischen Uniformen prägten das Stadtbild.

***

Wie Zöllner aus der Akte ersehen hatte, wohnte Gottfried Spiegel jetzt in der Nähe des Marktplatzes. Er hatte den Kotten in Werfen bald nach dem Mord an seiner Frau verlassen und war mit seinem Sohn nach Bünde gezogen, wo er auch arbeitete.

Zöllner traf Gottfried Spiegel um kurz vor 18 Uhr in seiner Wohnung an. Spiegels Sohn Rolf, inzwischen 18 Jahre alt, öffnete die Tür. Er bat Zöllner in die Küche, wo er mit seinem Vater beim Abendbrot gesessen hatte. Es hatte Graubrot, Marmelade und etwas Käse gegeben, dazu dünnen Kaffee. Das Brot und die Marmelade standen noch auf dem Tisch, auf einem Brettchen lag Käserinde.

Zöllner stellte sich vor und zeigte seinen Dienstausweis. „Herr Spiegel, wir möchten endlich den Mord an Ihrer Frau aufklären."

Gottfried Spiegel, ein mittelgroßer, schmaler

Mann mit dunkelblondem, zurückgekämmtem Haar, sah seinen Besucher einen Augenblick lang an, dann brach es aus ihm heraus: „So, wollen Sie das? Da haben Sie sich aber sehr beeilt. Wissen Sie, wann meine Frau ermordet worden ist?" Er wartete nicht auf Zöllners Anwort, sondern fuhr fort: „Vor fast vier Jahren! Das ist einige Zeit her, nicht wahr?"

Zöllner nickte. „Sie haben recht. In den Wirren der Nachkriegszeit ist einiges liegengeblieben."

Gottfried Spiegel lachte spöttisch. „Die Mörder laufen heute noch frei herum. Alte Nazis sind wieder in Amt und Würden, auch hier in Bünde. An die Opfer denkt niemand mehr. Die stören nur den Wiederaufbau. Wir haben jetzt sogar schon eine neue Währung. Läuft doch alles prächtig."

Gottfried Spiegel hatte sich in Rage geredet, aus jedem Satz, den er hervorstieß, klang Bitterkeit und Enttäuschung. Rolf, sein Sohn, saß neben ihm, nickte und schwieg. Ihm schien der Ausbruch seines Vaters unangenehm zu sein.

Zöllner versuchte eine sachliche Gesprächsebene herzustellen: „Herr Spiegel, so kommen wir nicht weiter. Ich kümmere mich jetzt um den Mordfall. Dabei bin ich auf Sie angewiesen. Sie müssen mir einige Fragen beantworten, damit ich vorankomme."

Gottfried Spiegels Blick war auf seinen Sohn gefallen. Er wurde ruhiger. „Was wollen Sie wissen?“, fragte er nach einer Weile und deutete auf einen Stuhl.

Zöllner setzte sich. „Erzählen Sie doch einmal, woran Sie sich erinnern können. Was passierte am Tag der Tat?“

Gottfried Spiegel besann sich kurz, wobei er Zöllner prüfend anblickte, dann berichtete er: „Ich kam damals am frühen Nachmittag aus der Fabrik zurück. Es war ja samstags und wir mussten nur bis mittags arbeiten. Franziska war nicht in der Wohnung. Frau Ahrens, unsere Nachbarin, sagte mir, dass Franziska von zwei Soldaten in Richtung Hücker Moor mitgenommen worden sei. Ich hatte eine wahnsinnige Angst um Franziska und bin ebenfalls zum Hücker Moor gelaufen, habe sie da aber nicht gefunden. Niemand hatte sie gesehen.

Ich bin dann zu Rolf gegangen, also zu meinem Sohn, der in einer Gärtnerei in Hüffen arbeitete. Ich war erleichtert, als ich ihn dort sah …“ Gottfried Spiegel unterbrach sich selbst, blickte seinen Sohn an und erklärte: „Sie müssen nämlich wissen, dass Franziska und Rolf wenige Wochen zuvor bereits einmal von der Gestapo abgeholt worden waren. Sie sind glücklicherweise einige Tage später zurückgekehrt.“

„Weshalb hatte man Sie abgeholt?" Zöllner blickte Rolf Spiegel an.

„Das hat man uns nicht gesagt. Wir haben vermutet, dass wir deportiert werden sollten."

Zöllner nickte. Das war wahrscheinlich. Gottfried Spiegel nahm den Faden wieder auf: „Rolf wusste von nichts. Ich habe ihn daraufhin zu meinen Eltern gebracht, die hier in Bünde wohnen. Ich wollte weiter nach Franziska suchen. Zwischendurch fiel mir aber ein, dass ich einen Gestellungsbefehl für den Volkssturm hatte, der am Abend bei einer Versammlung aufgestellt werden sollte."

Zöllner hatte während eines Lazarettaufenthaltes selbst miterlebt, dass im Oktober und November 1944 im gesamten Reich auf Anordnung Hitlers die Volkssturmverbände gebildet worden waren.

„Ich bin also zunächst zu dem Treffen gegangen, das bei dem Viehhändler Prasuhn in Hunnebrock stattfand, und wollte mich vom Volkssturmführer, das war Ortsgruppenleiter Felschmann, beurlauben lassen. Von Mitgliedern des Volkssturms erfuhr ich dabei, dass man im Hückerholz eine tote Frau gefunden hatte. Ich habe Felschmann daraufhin gebeten, noch einmal nach meiner Frau suchen zu dürfen, was er aber barsch und mit ziemlich niederträchtigen Worten abgelehnt hat."

Auf Zöllners neugierigen Blick hin erklärte er: „Felschmann sprach von jüdischen Eiterbeulen am deutschen Volkskörper, die entfernt werden müssten."

Spiegel schilderte dann das Heimholen der Leiche seiner Frau aus dem Spenger St. Martinsstift und die heimliche Beerdigung.

Er schloss seinen Bericht mit den Worten: „Mich hat der Mord an meiner Frau nicht zur Ruhe kommen lassen. Bereits nach dem Einmarsch der Amerikaner Anfang April 1945 habe ich bei denen den Mord angezeigt. Es gab damals einen Hinweis auf einen der Täter. Wir sind etwas später mit einem Jeep bis nach Bayern gefahren, die Spur erwies sich aber als falsch ..." Er blickte Zöllner an: „Von der deutschen Polizei ist bislang noch nichts unternommen worden, um die Mörder meiner Frau zu fassen."

Zöllner nickte. „Ich bin neu auf der Dienststelle, bislang fehlte, wenn man mich richtig informiert hat, irgendein Ansatzpunkt, der uns auf die Spur der Täter hätte bringen können."

Gottfried Spiegel schaute ihn nachdenklich an. „Es ist viel über den Mord geredet worden in Werfen und auch hier in Bünde. Es gab eine Menge Gerüchte. Ich bin ihnen allen nachgegangen und ich glaube auch, dass der frühere Ortsgruppenleiter Felschmann mehr weiß als er sagt.

Er hat es aber abgelehnt, sich mit mir zu unterhalten … Wenn es darauf ankommt, schweigen sie alle … Vor kurzem nun hat mich jemand auf eine Frau aufmerksam gemacht, die im *Café Quade* bedient und mit einem der SS-Männer befreundet war. Ich habe mit dieser Frau gesprochen. Sie heißt Lena Roedinger. Sie ist im November 1944 eine Zeit lang mit einem gewissen Hans Oertel gegangen. Der hat ihr erzählt, dass er den Befehl erhalten hatte, meine Frau zu erschießen. Da er diesen Auftrag abgelehnt habe, seien zwei seiner Kameraden mit dem Mord beauftragt worden. Das hat mir die Frau Roedinger glaubhaft versichert. Nach Kriegsende hat sie von dem Hans Oertel noch einen Brief erhalten, den sie mir aber nicht zeigen wollte."

Zöllner horchte auf und nickte: „Der Oertel hat dann ja wohl den Krieg überlebt. Der Spur werde ich natürlich nachgehen."

Da Gottfried Spiegels Gesicht deutliche Skepsis verriet, entschloss sich Zöllner spontan, Spiegel von seinem eigenen Schicksal zu berichten. Bereits während er sprach, war er sich nicht mehr sicher, ob es richtig war, einem Fremden Einblick in sein Privatleben und seine Gefühlswelt zu geben. Während seiner Polizeiausbildung hatte er gelernt, dass man seinen Gesprächspartnern so wenig wie möglich über sich selbst preisgeben sollte. „Herr Spiegel, auch ich bin mit einer jüdischen Frau verheiratet. Meine Frau ist im Jahre 1938, nach dem Novemberpogrom, mit ihren Eltern zu Verwandten nach England ausgewandert. Sie hat mich gebeten mitzukommen, aber ich konnte das nicht. Ich konnte mir nicht vorstellen, in einem anderen Land zu leben, obgleich ich als Polizist entlassen worden war und wir einige Demütigungen erlitten hatten …" Zöllner unterbrach sich. Während er gesprochen hatte, waren schmerzliche Erinnerungen wach geworden. Zöllner sah Gottfried Spiegel an und las Interesse in seinen Augen. „Meine Frau lebt heute noch in England und wird vermutlich nicht mehr nach Deutschland zurückkehren. Ich glaube nicht, dass wir noch einmal zusammenkommen werden, obwohl ich meine Frau sehr liebe. Sie können mir glauben, dass ich alles tun werde, um die Mörder Ihrer Frau zu finden."

Gottfried Spiegel schwieg. Erst als Zöllner die Wohnung verlassen hatte, nickte er.

***

Zöllner fand Lena Roedinger im *Wiener Café Quade* in der Bahnhofstraße, das bis in die späten Abendstunden geöffnet hatte. Im Café wurden auch Bier und Schnaps ausgeschenkt.

Zöllner bemerkte Lena Roedinger sofort. Es befand sich nur eine jüngere Serviererin in der Gaststätte. Lena Roedinger war mittelgroß, blond und hatte ein freundliches, hübsches Gesicht. Ihre schlanke Figur, die in einer weißen Bluse mit tiefem Dekolleté und einem kurzen schwarzen Rock steckte, ließ sicherlich viele Männerherzen höherschlagen. Die junge Frau stand am Tresen und rauchte. Ihr Blick wanderte im Raum umher, blieb kurz an dem eintretenden Zöllner hängen, schweifte dann aber weiter.

Zöllner setzte sich an einen der leeren Tische. Als sich Lena Roedinger bei ihm nach seinem Getränkewunsch erkundigte, legte er seinen Dienstausweis auf den Tisch und sagte: „Sie sind doch Lena Roedinger? Setzen Sie sich bitte einen Augenblick zu mir. Ich habe einige Fragen an Sie. Bringen Sie mir aber vorher ein Bier."

Lena Roedinger zögerte kurz, dann nickte sie. Sie gab die Bestellung an den älteren Mann weiter, der hinter der Theke stand, und unterhielt sich kurz mit ihm.

Als sie mit dem Bier zurückkehrte und sich gesetzt hatte, fragte Zöllner ohne Umschweife: „Sie kennen Hans Oertel?"

„Ach, darum geht es." Lena Roedinger blickte Zöllner interessiert an. „Ja, ich kenne Hans Oertel. Er war einige Male mit seinen Kameraden hier im Café. Er hatte eine so nette Art und ich habe mich mit ihm einmal nach Dienstschluss verabredet. Wir sind an der Else spazierengegangen und haben uns unterhalten. Danach haben wir uns noch ein paarmal getroffen."

„Was hat Hans Oertel Ihnen über den Mord an Franziska Spiegel erzählt?" Zöllner steckte sich eine Zigarette an und hielt der Kellnerin die Packung hin. Lena Roedinger nickte und zog eine Zigarette aus der Packung.

„Wir haben uns während eines Spaziergangs über die ermordete jüdische Frau unterhalten. Hierbei hat Hans zu mir gesagt, dass der Mordauftrag eigentlich ihm erteilt worden sei, dass er den Auftrag aber abgelehnt habe, weil es eine Gemeinheit sei, eine unschuldige Frau zu erschießen. Dafür sei er vor seinen Kameraden gerügt worden. Den Befehl hätten dann zwei jüngere Kameraden erhalten."

„Haben Sie dem Oertel das geglaubt?"

„Ja, warum sollte er mich belügen? Hans ist ein ehrlicher Mensch, … obwohl …" Sie zögerte.

Zöllner hakte nach. „Was meinen Sie?"

Die Serviererin hatte einen tiefen Zug genommen und blies den Rauch aus. „Na, er hat mir im November 1944 die Ehe versprochen. Er war dann plötzlich weg und nach Kriegsende hat er mir nur noch einen kurzen Brief geschrieben. Von Heirat war da keine Rede mehr."

Zöllner bemühte sich um einen neutralen Gesichtsausdruck. Es war immer dasselbe. Mit einem Heiratsversprechen glaubten Männer bei Frauen offenbar eher zum Ziel zu kommen. Ob das auch bei Lena Roedinger funktioniert hatte, wollte er nicht wissen.

„Sie kennen den gegenwärtigen Aufenthaltsort von Hans Oertel?"

Lena Roedinger nickte. „Ich glaube schon, der letzte Brief kam aus Münzdorf, das liegt in der Nähe von Stuttgart. Da ist Hans aufgewachsen, hat er mir damals erzählt."

„Besitzen Sie ein Foto von Hans Oertel?"

Lena Roedinger drückte die Zigarette aus. „Ja, ein Passbild. Hans hat es mir zum Abschied geschenkt, als seine Einheit abrücken musste."

„Haben Sie das Foto dabei?"

„Nein, aber ich kann es morgen mitbringen."

Das war ein Lichtblick, eine Spur, die man weiterverfolgen konnte. Zöllner drückte seine Zigarette aus. „Gut, ich muss Sie bitten, mir das Foto vorübergehend zu überlassen. Sie bekommen es später zurück. Ich benötige auch die genaue Adresse von Hans Oertel. Am besten, Sie bringen auch den Brief mit, den Sie von ihm erhalten haben."

Lena Roedinger lächelte. „Das Foto können Sie behalten. Ich bin jetzt verlobt und ich glaube nicht, dass es meinem Verlobten gefallen würde, wenn er dieses Foto bei mir fände."

„Da haben Sie sicherlich recht." Zöllner konnte ein Grinsen nicht unterdrücken.

3. Kapitel

Mittwoch, 18. August 1948

Rehling hob bedauernd die Schultern. „Heute kann ich Ihnen nur das Motorrad geben. Schrader benötigt den Opel und ich muss gleich nach Detmold zu einer Besprechung. Das Wetter ist gut, da ist das Motorradfahren sicherlich ein Vergnügen." Der Kriminaloberinspektor grinste jetzt.

Zöllner konnte nur nicken. Na gut, er war schon lange nicht mehr Motorrad gefahren.

„Jacke, Mütze und Brille hängen in der Garage." Rehling reichte ihm den Schlüssel.

In der Garage fand Zöllner eine Motorradbrille, eine Lederkappe und eine viel zu große Lederjacke, die er über sein Jackett zog. Dann schob er das Motorrad, eine BMW R 61 mit einem Zweizylinder-Boxer-Viertaktmotor mit Kardanantrieb, die neben dem VW und dem Opel Olympia stand, aus der Garage und trat den Kickstarter. Das Motorrad sprang sofort an. Knatternd fuhr Zöllner vom Hof des Präsidiums.

Rehling hatte Recht gehabt. Die Fahrt mit dem Motorrad machte Spaß. Nach und nach gewann Zöllner auch wieder die gewohnte Sicherheit im Umgang mit der 18 PS starken Maschine. In den langgestreckten Kurven zwischen Jöllenbeck und Lenzinghausen legte sich Zöllner, obgleich die Straße keineswegs gut war, bereits leicht in die Seite.

In Bünde angekommen, stellte Zöllner die BMW vor dem *Café Quade* ab, streifte die Lederkappe vom Kopf und setzte die Brille ab, bevor er das Café betrat. Lena Roedinger stand am Tresen und nickte ihm zu, als er sich an einen Tisch setzte. Nur zwei weitere Tische waren besetzt.

„Einen Kaffee?", fragte sie, als sie neben ihm stand.

„Einen Kaffee, ein Foto und einen Brief", sagte Zöllner.

Lena Roedinger schüttelte den Kopf. „Den Brief kann ich Ihnen nicht geben. Ich habe ihn verbrannt."

Zöllner glaubte nicht richtig gehört zu haben. „Sie haben den Brief verbrannt?"

Die Serviererin nickte. „Ja, gestern Abend. Da stand aber nichts drin, was den Tod von der Frau Spiegel betraf."

„Weshalb haben Sie den Brief verbrannt?"

„Der war sehr persönlich, sehr …" Sie suchte nach dem passenden Wort, fand es aber nicht. Sie setzte neu an: „Es wäre sehr unschicklich, wenn jemand anders den Brief lesen würde."

Zöllner schüttelte verständnislos den Kopf. „Sie haben möglicherweise ein wichtiges Beweisstück vernichtet. Sie wissen sicherlich, dass so etwas strafbar ist."

Lena Roedinger ließ sich nicht so leicht aus der Fassung bringen. Sie zog aus ihrer Rocktasche einen Umschlag. „Hier, darin ist das Passbild von Hans Oertel. Seine Adresse in Münzdorf habe ich Ihnen auf einen kleinen Zettel geschrieben." Auf Zöllners Vorhaltung ging sie nicht ein.

***

Die Sonne brannte jetzt richtig, Zöllner genoss den erfrischenden Fahrtwind. Von Bünde nach Werfen war es nicht weit. Zöllner stellte die BMW vor dem Kotten in der Lenastraße ab, in dem Franziska Spiegel bis zu ihrer Ermordung gewohnt hatte. Auf sein Klopfen an der Eingangstür hörte er keine Reaktion. Wie er feststellte, war die Tür allerdings unverschlossen. Auch auf sein lautes „Hallo, ist da jemand?", das er in die Deele rief, antwortete niemand. Zöllner zog die Tür wieder zu und ging um den Kotten herum zu dem kleinen Garten, der sich an der Rückseite des Hauses anschloss.

Eine mittelgroße Frau mit verschwitztem Kopf und dauergewellten Haaren, die eine verschlissene Männerhose trug, beugte sich gerade über einen Strauch und pflückte Himbeeren.

„Sind Sie Frau Ahrens?“, fragte Zöllner und ging auf die Frau zu. Die Frau richtete sich auf, wischte mit dem Handrücken über ihre Stirn und nickte fragend.

Zöllner stellte sich vor. „Ich ermittle im Mordfall Franziska Spiegel“, sagte er. „Ich habe ein paar Fragen an Sie.“

Ella Ahrens blickte ihn überrascht an. „Jetzt noch? Ich dachte, die Sache wäre im Sande verlaufen.“

Zöllner schüttelte den Kopf. „Ist Ihr Mann auch hier?“, fragte er dann.

„Der ist abgehauen, mit einer anderen Frau“, sagte sie, „vor zwei Jahren. Wir sind inzwischen geschieden.“

„Tut mir leid.“

„Das muss Ihnen nicht leid tun. Ist nicht schade drum. Der ist jedem Rock hinterhergelaufen.“

Ella Ahrens zeigte auf eine grüne Holzbank, die nahe am Haus stand. „Wir müssen uns nicht im Stehen unterhalten.“ Sie ging, ohne auf Zöllners Anwort zu warten, zur Bank hinüber und setzte sich. Zöllner folgte ihr. Vom benachbarten Bauernhof drang der Lärm einer gerade angelassenen Zugmaschine herüber.

Ella Ahrens hatte die Schüssel mit den frisch gepflückten Himbeeren neben sich auf die Bank gestellt. Sie deutete auf die Schüssel und fragte: „Möchten Sie mal probieren?"

Zöllner nickte und nahm sich einige. Die Himbeeren schmeckten köstlich.

„Frau Ahrens, waren Sie im Haus, als Franziska Spiegel von den beiden SS-Männern abgeholt wurde?"

Ella Ahrens nickte. „Ja, das war eine schreckliche Situation. Ich stand mit Franziska auf der Deele, als die beiden SS-Männer ohne anzuklopfen hereinkamen. Ich habe noch versucht, die beiden wieder fortzuschicken. Die haben sich aber auf nichts eingelassen und Franziska in ziemlich rüdem Ton befohlen mitzukommen. Ich habe da schon geahnt, dass das kein gutes Ende nehmen würde. Ich denke, Franziska wusste das auch."

Zöllner griff in seine Jackentasche und zog den blauen Briefumschlag hervor, den er von Lena Roedinger erhalten hatte. Er entnahm dem Umschlag das kleine Foto. „Kennen Sie diesen Mann?"

Ella Ahrens schüttelte den Kopf. „Der gehörte nicht zu den beiden Männern, die Franziska abgeholt haben, falls Sie das wissen wollen. Da bin ich mir ganz sicher. Ich habe die beiden Männer einige Tage später in Bünde vor dem Postamt gesehen, als ich mit dem Fahrrad zur Arbeit fuhr …

Sie standen da mit zwei Frauen, die einen etwas heruntergekommenen Eindruck machten. Einer der beiden Männer hat auch mich erkannt. Er machte diese Bewegung …“ Ella Ahrens zog mit ihrem rechten Daumen eine Linie von ihrem linken Ohr über den Hals bis zum rechten Ohr. „Dabei hat er mich grinsend angesehen, als ob er auch mich umbringen wollte. Ich habe weggeschaut und bin rasch weiter zur Arbeit gefahren. Ich habe mich nicht getraut, irgendetwas zu unternehmen.“

Zöllner war enttäuscht. „Und den Mann auf dem Foto kennen Sie nicht?“

„Ich weiß nicht, ich bin mir nicht ganz sicher. Es könnte vielleicht der dritte Mann gewesen sein, der mit dem Fahrrad vor dem Haus gewartet hat und der dann wieder in Richtung Hunnebrock davongefahren ist, während die anderen beiden mit Franziska ins Hückerholz gegangen sind.“

„Es gab noch einen dritten Mann?“

„Ja, sie kamen zu dritt hier an, auf Fahrrädern. Zwei sind ins Haus gegangen und haben Franziska abgeholt, einer blieb draußen stehen. Der hat noch etwas gewartet, bis die beiden anderen mit Franziska verschwunden waren. Dann ist der auf sein Fahrrad gestiegen und fortgefahren.“

Sie gab Zöllner das Foto zurück, der es wieder

in den blauen Briefumschlag schob und den er sorgfältig verstaute. Das war vielleicht eine heiße Spur.

Er fragte: „Wie sahen die beiden Männer aus, die in das Haus gekommen sind und Frau Spiegel abgeholt haben?"

Ella Ahrens überlegte kurz. „Der eine, ich glaube, das war der Anführer, der war sehr groß, mehr als einen Kopf größer als ich, etwas schlacksig. Er hatte blonde Haare und eine frische Narbe an der Wange und am Ohr. Er war der Wortführer, nur er hat gesprochen. Seiner Sprache nach kam er aus Süddeutschland, vielleicht aus Schwaben … Der andere hat nicht gesprochen, er war etwas kleiner und dunkelhaarig."

Zöllner schätzte Ella Ahrens auf 1,65 m, was bedeutete, dass der blonde Mann über 1,90 m groß sein musste.

„Dann wird der Große ja fast 1,90 m lang gewesen sein."

Ella Ahrens nickte. „Das kann hinkommen."

„Hatte der Dunkelhaarige irgendwelche besonderen Merkmale?"

Die Frau schüttelte nach kurzem Nachdenken den Kopf. „Nein, mir ist zumindest nichts aufgefallen."

„Wie alt waren die Männer?"

„Der Große war noch sehr jung, vielleicht Anfang zwanzig, der Dunkelhaarige war wohl etwas älter, aber noch keine dreißig."

„Was waren das für Frauen, mit denen Sie die beiden Männer vor dem Postamt gesehen haben? Kamen die hier aus dem Ort?"

„Glaube ich nicht. Vielleicht Evakuierte aus dem Ruhrgebiet oder aus dem Aachener Raum. Damals sind viele Leute aus Aachen nach Ostwestfalen gekommen. Ich kannte die beiden jedenfalls nicht."

„Haben Sie die beiden Frauen noch einmal wiedergesehen?"

„Nein."

„Haben Sie sonst noch Hinweise, die mich weiterbringen?"

Ella Ahrens überlegte kurz. „Nein", sagte sie dann. Sie blickte Zöllner an. „Weshalb kommen Sie erst jetzt, nach vier Jahren?"

***

Friedrich Plaß wohnte zusammen mit seiner Mutter in einem kleinen grauen Haus mit angebautem Schweinestall. Als Zöllner an der Klingelschnur zog, ertönte drinnen ein schepperndes Geräusch, das ihn an einen Blecheimer erinnerte, der einen Hügel hinunterrollte. Kurze Zeit später wurde die Tür geöffnet. Eine schmale grauhaarige Frau, bekleidet mit einem schwarzen Kittel, blickte den Besucher misstrauisch an. Ihr Haar hatte sie unter einem Kopftuch verborgen.

Zöllner lächelte freundlich. „Ich möchte Herrn Friedrich Plaß sprechen."

Das Gesicht der Frau blieb abweisend. „Mein Sohn ist bei der Arbeit. Er kommt erst später heim."

Zöllner blickte auf seine Armbanduhr. Es war kurz nach 16:00 Uhr. „Gut, ich komme um halb sechs nochmal vorbei. Ist er dann zuhause?"

Die Frau nickte und schloss die Tür.

Zöllner ging zum Motorrad zurück, trat den Kickstarter durch und fuhr die wenigen Kilometer zum Hücker Moor, wo er eines der Lokale ansteuerte. Die Sonne meinte es gut mit den Ausflüglern, die an den Tischen vor dem Lokal saßen. Auf dem brackigen Wasser bewegten sich aber nur wenige Boote.

Zöllner setzte sich an einen der Holztische in unmittelbarer Nähe des Wassers und bestellte beim Kellner, der sich langsamen Schrittes genähert hatte, ein Bier.

Nachdem er sich eine *Eckstein* angezündet hatte, griff Zöllner in die Innentasche seiner Jacke und zog den Umschlag mit dem Foto hervor, das ihm Lena Roedinger gegeben hatte. Der junge Mann mit Uniformmütze – Zöllner schätzte ihn auf etwa 20 Jahre – hatte einen ernsten Gesichtsausdruck. Ella Ahrens war sich sicher gewesen, dass Hans Oertel keiner von den beiden SS-Männern gewesen war, die Franziska Spiegel umgebracht hatten. Aber dennoch: Oertel schien etwas zu wissen. Vielleicht hatte er Lena Roedinger aber auch nur imponieren wollen und mehr gesagt, als er wusste. Es führte kein Weg daran vorbei: Er musste Oertel auf den Zahn fühlen.

Der Kellner brachte das Bier.

„Nicht viel los heute?", fragte Zöllner.

„Wie man's nimmt. Das neue Geld sitzt den Leuten noch nicht so locker. Aber das wird schon. Wichtig ist, dass wir noch einige Tage mit schönem Wetter wie heute bekommen."

„Stammen Sie hier aus der Gegend?"

Der Kellner nickte.

„Setzen Sie sich doch einen Augenblick zu mir. Die Zahl Ihrer Gäste ist ja überschaubar."

Der Kellner ließ sich auf einen der Stühle fallen. Zöllner schob ihm die Packung mit den Zigaretten hin. Der Kellner nahm eine und zündete sie an.

„Haben Sie damals auch von dem Mord an der jüdischen Frau gehört, der hier in der Nähe verübt worden ist?"

Der Kellner blickte Zöllner erstaunt an. „Ja, sicher. Jeder hier hat davon gehört."

„Soviel ich weiß, ist der Mord bis heute noch nicht aufgeklärt worden. Stimmt das?"

„Ja, das stimmt."

„Bei den Tätern soll es sich um zwei SS-Männer gehandelt haben …"

„Ja, aber denen muss ja jemand einen Tipp gegeben haben. Woher hätten die sonst wissen können, dass in der Gegend noch eine Jüdin gewohnt hat?" Er zeigte mit dem Daumen in Richtung Werfen, wo sich der Kotten befand, in dem die Familie Spiegel gelebt hatte.

Zöllner hob die Schultern. „Sie haben vermutlich recht. Aber wer sollte das gemacht haben?"

„Oh, da gab es einige." Der Kellner blickte sich um, aber keiner seiner Gäste schien ihn zu benötigen.

„Was meinen Sie damit?"

„Nun ja, es gibt Leute im Dorf, die behaupten, dass der frühere Ortsgruppenleiter die SS informiert hat."

„Sie meinen Lehrer Felschmann?"

„Ja, genau der. Felschmann war ein fanatischer Nazi. Ich habe ihn selber als Lehrer erlebt."

„Was ist mit Felschmann nach Kriegsende geschehen?"

„Die Engländer haben ihn abgeholt und in ein Internierungslager gesteckt. Seit ein paar Wochen ist er aber wieder im Lande."

„Sie sprachen eben von weiteren Personen, die als Tippgeber in Frage kommen ..."

Der Kellner nickte. „Die Bude da hinten gehört dem Hellmann, der war früher beim örtlichen SS-Sturm. Kann auch sein, dass der seinen Kameraden den Tipp gegeben hat." Der Kellner zeigte auf eine Holzhütte mit Steg, an dem einige Ruderboote angebunden waren. „Hellmann ist immer noch ein brauner Geselle. Sie müssten den mal reden hören. Der bedauert immer noch, dass Adolf in den ewigen Jagdgründen ist."

An einem der weiter hinten stehenden Tische hatte ein Gast die Hand gehoben, um dem Kellner damit zu signalisieren, dass er zahlen wollte. Zöllner schob dem Kellner einen blauen Ein-Mark-Schein hin und stand auf. „Passt so ... Und vielen Dank für das Gespräch."

***

Um 17:30 Uhr öffnete ihm Friedrich Plaß die Tür. „Waren Sie vorhin schon einmal hier?", fragte er.

„Ja", sagte Zöllner und streckte Plaß seinen Dienstausweis entgegen. „Sie haben vor vier Jahren die tote Frau Spiegel gefunden. Darüber würde ich mich gerne mit Ihnen unterhalten."

Plaß sah auf den Ausweis, nickte und führte Zöllner in ein kleines Wohnzimmer, das die beiden von der Küche aus betraten, in der Plaß' Mutter das Abendessen vorbereitete. Frau Plaß blickte nur kurz auf, ließ sich von dem Besucher aber nicht weiter stören.

Das Wohnzimmer war mit einem Sofa, zwei Sesseln, einem runden Tisch, auf dem einige Hefte der Vorkriegs-Romanreihe *Rolf Torring's Abenteuer* lagen, und einem dunkelbraunen Wohnzimmerschrank ausgestattet, den Zöllner als typisches Beispiel des Gelsenkirchener Barocks klassifizierte.

Nachdem sie in den arg durchgesessenen Sesseln Platz genommen hatten, sah Plaß seinen Besucher erwartungsvoll an. Ohne große Vorrede eröffnete Zöllner das Gespräch: „Herr Plaß, erzählen Sie einmal, wie Sie die tote Frau Spiegel gefunden haben."

Plaß nickte, so als wollte er seine Worte, die nun folgen sollten, damit bekräftigen. „Ich hatte an dem Samstag bereits mittags Feierabend und ich bin dann losgegangen, um Brennholz zu sammeln. Das machte ich eigentlich jeden Samstag, weil wir kurz vor Kriegsende nicht mehr genug Kohlen zugeteilt bekamen. Als ich auf das Hückerholz zuging, kamen mir zwei SS-Männer mit Fahrrädern entgegen. Etwas später sah ich die tote Frau auf dem Waldboden liegen. Anfangs dachte ich, sie wollte sich verstecken, weil sie sich mit den beiden SS-Männern getroffen hatte und niemand sie sehen sollte, dann aber habe ich gemerkt, dass sie tot war."

„Woher wussten Sie, dass die beiden von der SS waren?"

„Das konnte ich an ihren Uniformen erkennen."

„Wie sahen die Männer aus?"

„Sie waren noch jung, etwa so alt wie ich."

„Beschreiben Sie die beiden Männer einmal!"

Plaß überlegte. „Was soll ich sagen? Einer der beiden war ziemlich groß, also überdurchschnittlich groß, direkt auffallend. Der war blond. Der andere Mann war etwa so groß wie ich und dunkelhaarig."

„Haben die beiden Männer etwas gesagt?"

Plaß schüttelte den Kopf. „Nein. Sie sind ja auch im Abstand von etwa 20 Metern an mir vorbeigegangen. Etwas später sind sie dann auf die Fahrräder gestiegen und losgefahren."

„Was haben Sie gemacht, nachdem Sie die Leiche gefunden hatten?"

„Ich wusste zuerst nicht, was ich machen sollte. Auf der Straße sah ich dann einen Bekannten, Ludwig Renger. Er kam von der Arbeit. Ich habe ihm die tote Frau gezeigt. Ludwig sagte mir, dass wir den Bürgermeister von Hücker-Aschen darüber informieren müssten, weil das Hückerholz zur Gemeinde Hücker-Aschen gehört. Als wir auf dem Bauernhof von Möller ankamen, trafen wir einen seiner Fremdarbeiter, der dann Bürgermeister Möller geholt hat. Ich habe dem Bürgermeister von dem Fund berichtet. Landrat Gissmer und Kreisleiter Stieger waren damals auch bei Möller auf dem Hof."

„Wie haben sich die beiden verhalten?"

Plaß zögerte. „Ich würde sagen: normal. Stieger hat nichts gesagt und Landrat Gissmer hat Bürgermeister Möller beauftragt, den Amtsbürgermeister in Spenge über die Tote zu informieren. Uns wurde befohlen, unten an der Straße zu warten, um den Wagen des Amtsbürgermeisters zum Fundort der Toten zu bringen. Möller und Stieger sind mit Stiegers Auto zum Hückerholz gefahren."

„Und dann traf Amtsbürgermeister Kreske ein?"

„Ja, er kam mit einem Krankenwagen, einem Polizisten und einem Arzt. Der Arzt hat die tote Frau untersucht, danach wurde sie abtransportiert."

„Haben Sie mit Kreske gesprochen?"

„Nur kurz. Ich musste aber am nächsten Morgen zum Amtshaus nach Spenge kommen, wo er mir noch einige Fragen gestellt hat." Plaß machte eine kurze Pause und fuhr dann fort: „Es schien mir so, dass der Spenger Amtsbürgermeister eigentlich nicht an der Aufklärung des Mordes interessiert war. Meine Hinweise zu den Tätern hat er, das war damals mein Eindruck, kaum beachtet. Jedenfalls hat er nicht weiter nachgefragt."

„Wie ich hörte, fand abends dann noch die Gründungsversammlung des Volkssturms statt?"

„Ja, richtig, das war bei dem Viehhändler Prasuhn. Ich hatte auch eine Einberufung bekommen und bin mit Ludwig vom Hückerholz aus direkt nach Hunnebrock gegangen."

„Was ist an dem Abend geschehen?"

„Na ja, da wir schon wussten, dass die erste Übung des Volkssturms für den nächsten Morgen, das war ein Sonntag, angesetzt war, habe ich sofort Lehrer Felschmann angesprochen und habe ihm berichtet, dass wir im Hückerholz eine tote Frau gefunden hätten und dass Ludwig und ich am nächsten Morgen nach Spenge kommen sollten, um unsere Aussagen zu machen und dass wir deshalb an dem Dienst nicht teilnehmen könnten."

„Wie hat Felschmann darauf reagiert?"

„Felschmann wirkte nicht sehr überrascht. Er fragte sogar, ob es sich bei der Toten um die *Jüdin Spiegel* handele. Ich konnte diese Frage nicht beantworten, weil ich die Tote ja nicht kannte. Erst später, als ich hörte, dass Herr Spiegel seine Frau vermisste, habe ich mich gewundert, woher Felschmann bereits wusste, wer die tote Frau war."

Zöllner beugte sich vor. „Hm. Und Sie sind sich ganz sicher, dass Felschmann diese Frage gestellt hat?"

„Ja."

„War Herr Spiegel auch anwesend?"

„Ich glaube, er kam etwas später. Es gab noch einen Streit zwischen ihm und Felschmann, weil Felschmann ihm keinen Urlaub geben wollte, um nach seiner Frau zu suchen."

„Hat Felschmann Herrn Spiegel von der toten Frau berichtet?"

„Soweit ich weiß, nein. Ludwig und ich haben Herrn Spiegel von der toten Frau erzählt."

„Wie reagierte Herr Spiegel darauf?"

„Er war erschüttert und hat noch einmal bei Felschmann versucht, Urlaub zu bekommen. Felschmann hat das aber wieder abgelehnt. Herr Spiegel musste bis zum Dienstende bleiben."

Zöllner fasste in die Innentasche seiner Jacke und holte den Umschlag mit dem Passbild hervor.

„Herr Plaß, ich habe hier ein Foto. Haben Sie diesen Mann schon einmal gesehen?"

Er schob Plaß das Passbild von Hans Oertel

hin. Plaß betrachtete das Foto längere Zeit, schüttelte dann aber den Kopf. „Den Mann kenne ich nicht."

„Könnte er einer der beiden SS-Männer gewesen sein, die Sie am Hückerholz gesehen haben?"

„Ich glaube nicht. Der Große war hellblond und der Kleine … Nein, der Kleine sah auch anders aus."

***

Es dunkelte bereits, als Zöllner das Polizeipräsidium in der Ravensberger Straße verließ. Da er keinen Hunger und keine Müdigkeit verspürte, lenkte er seine Schritte nicht nach Norden, in Richtung seiner Wohnung in der Schillerstraße, sondern stadteinwärts nach Westen. Während er durch die Straßen der Innenstadt schlenderte, dachte Zöllner über den Fall Spiegel nach. Er musste sich dringend mit dem früheren Ortsgruppenleiter Felschmann unterhalten und ihn dabei mit Plaßs Aussagen konfrontieren. Dieser Mann war vermutlich indirekt an dem Mord beteiligt, zumindest deuteten die Aussagen Plaß' darauf hin. Dass Felschmann bereits am Abend des 4. November 1944 bei der Gründungsversammlung des Volkssturms wusste, wer die im Hückerholz gefundene tote Frau war, machte ihn stark verdächtig. Auch die angeblich zufällige Anwesenheit des Landrats und des NSDAP-Kreisleiters kam Zöllner merkwürdig vor. Es sah fast so aus, als sei der Mord an Franziska Spiegel von langer Hand geplant worden, wobei die maßgeblichen Entscheidungsträger der NSDAP im Kreis Herford über den Zeitpunkt des Mordes informiert gewesen waren. Hatten sich diese durch die vorgebliche Besprechung in Hücker-Aschen quasi einen Logenplatz in der Nähe des Tatortes gesichert, um zu den ersten zu gehören, denen Vollzug gemeldet wurde?

Zöllner war inzwischen in der Bahnhofstraße angekommen. Sein Blick fiel auf ein Kinoplakat, das in einem Schaufenster des *Universums* aushing. „Hölle, wo ist dein Sieg?" lautete der Titel des amerikanischen Films, der am Abend gezeigt wurde. Hauptdarsteller waren Bette Davis und Charles Boyer.

Zöllner überlegte einen Augenblick, dann stellte er sich in die Reihe der Wartenden, die sich langsam Richtung Kasse bewegte. Bette Davis auf dem Kinoplakat hatte ihn an seine Frau Edith erinnert. Während er als Teil der Schlange auf die Kasse zugeschoben wurde, kreisten seine Gedanken um Edith und ihre gemeinsame Zukunft.

Er wusste, dass er über kurz oder lang eine Entscheidung über sein künftiges Leben fällen musste. Während er bei seiner Arbeit genau wusste, was zu tun war, neigte er im privaten Bereich eher dazu, Dinge so lange laufen zu lassen, bis sie sich von selbst geklärt hatten. Das würde in diesem Fall aber nicht funktionieren.

Hatte er sich nicht schon entschieden, als er in den Polizeidienst zurückgekehrt war? War das nicht eine Entscheidung gegen eine gemeinsame Zukunft mit seiner Frau gewesen? Er liebte sie noch immer, obwohl sie sich nahezu zehn Jahre lang nicht gesehen hatten. Aber war das eine Basis für eine neue Gemeinsamkeit? Was sollte er in England? Er war der englischen Sprache nicht mächtig. Wo sollte er arbeiten? Er würde vermutlich zum bloßen Anhängsel seiner Frau und ihrer Familie werden. So gut war sein Verhältnis zu seinen Schwiegereltern nicht gewesen, dass er sich mit dieser Rolle würde anfreunden können. Aber Edith fehlte ihm. Was sollte er tun?

Als er sich in den plüschigen Kinositz sinken ließ, konnte er sich nicht mehr daran erinnern, dass er an der Kasse bezahlt hatte. Der Mord an Franziska Spiegel beschäftigte ihn. Hätte er seine Frau und ihre Familie schützen können, wenn es mit der Auswanderung nach England nicht geklappt hätte? Sicher nicht. Edith und ihre Eltern wären deportiert und vermutlich ermordet worden. Es waren nur wenige Juden aus den Lagern zurückgekehrt. Er würde alles dafür tun, den Mordfall Spiegel aufzuklären. Ihm war, als könnte er, wenn er die Täter zur Rechenschaft zog, ein klein wenig wiedergutmachen, was die Nazis seiner Frau und ihrer Familie angetan hatten.

Zöllner bekam von dem Film nicht viel mit. Bette Davis spielte eine Gouvernante, die fälschlicherweise der Mittäterschaft an einem Mord verdächtigt, schließlich aber entlastet wurde und ein neues Leben als Lehrerin einer Mädchenschule beginnen konnte.

Entlastung und Beginn eines neuen Lebens: Das erstrebten auch die Nazis, wenn sie vor den Entnazifizierungsausschüssen standen. Nein, Zöllner schüttelte den Kopf, nein, das stimmte so nicht. Die alten Nazis wollten kein neues Leben beginnen, sie wollten weitermachen wie bisher, so als wäre nichts geschehen.

Aber das durfte man nicht zulassen. Gustav Schrader fiel ihm ein. Schrader, der hatte vermutlich viel Dreck am Stecken, kam aber jeden Morgen pünktlich zur Arbeit und tat weiterhin das, was man von ihm verlangte – ihm war es sicherlich gleich, ob für eine nationalsozialistische oder für eine demokratische Regierung. Und er, Zöllner, was hätte er getan, wenn man ihn nicht entlassen hätte? Er wusste es nicht, wusste es nicht sicher.

Der Film war zu Ende. Zöllner erhob sich und ließ sich mit den anderen Besuchern aus dem Kino drängen. Draußen war es dunkel. Die Kinobesucher zerstreuten sich. Auch Zöllner entschloss sich, den Heimweg anzutreten. Plötzlich verspürte er Hunger. An der Herforder Straße entdeckte er eine Kneipe, die noch geöffnet hatte. Eine oder auch zwei Frikadellen und zwei Gläser Bier schienen geeignet zu sein, den Abend abzuschließen. Dabei konnte er auch überlegen, wie es mit ihm und Edith weitergehen sollte.

4. Kapitel

Donnerstag, 19. August 1948

Am Vormittag hatte Zöllner fast zwei Stunden gebraucht, um den gegenwärtigen Aufenthaltsort des ehemaligen Herforder Landrats Gissmer herauszubekommen. Durch verschiedene Telefongespräche mit der Herforder Kreisverwaltung, der britischen Militärverwaltung sowie einem früheren Mitarbeiter des Landrats hatte Zöllner schließlich erfahren, dass sich Gissmer, nachdem er aus dem Internierungslager entlassen worden war, im sauerländischen Fehrenbracht bei Verwandten aufhielt.

Als am Nachmittag zumindest das Motorrad verfügbar war, machte sich Zöllner auf den Weg nach Spenge. Nach halbstündiger Fahrt erreichte er das Amtshaus an der Langen Straße.

Wilhelm Kreske begegnete Zöllner, nachdem sich dieser vorgestellt hatte, mit ausgesuchter Höflichkeit. Der Amtsbürgermeister, eher klein gewachsen und von massiger Gestalt, schien noch nicht wieder fest im Sattel zu sitzen, so dass er offenbar jede Situation vermeiden wollte, die seine konstruktive Zusammenarbeit mit dem neuen demokratischen Regime in Frage gestellt hätte.

Nachdem er Zöllner zur Begrüßung die Hand geschüttelt hatte, bot Kreske seinem Besucher eine Zigarre an. Zöllner lehnte ab und zog stattdessen eine *Eckstein* aus dem grünen Zigarettenpäckchen.

„Einen guten Weinbrand können Sie mir aber nicht abschlagen, Herr Zöllner“, beharrte Kreske darauf, dem Besucher seine Gastfreundschaft zu beweisen.

„Was führt Sie zu mir, Herr Zöllner?“, fragte er jovial, nachdem sie sich zugeprostet hatten.

„Es geht um die Mordsache Spiegel. Wie ich der alten Ermittlungsakte entnommen habe, waren Sie am 4. November 1944 am Tatort?“

Kreske goss sich selbst nach und blickte Zöllner fragend an. Zöllner legte die Hand auf sein Glas und schüttelte den Kopf.

„Das stimmt. Ich bekam einen Anruf von Gemeindebürgermeister Möller aus Hücker-Aschen. Ich bin dann mit unserem Dr. Stölting zum Fundort der Leiche gefahren. Wir haben die Tote abtransportiert und in das hiesige Martinsstift gebracht, wo sie am nächsten Tag von der Gestapo abgeholt worden ist.“

„Was haben Sie über die Täter herausgefunden?“

„Nichts. Ich habe am nächsten Tag den jungen Mann vernommen, der die Tote gefunden hat. An den Namen des Mannes kann ich mich nicht erinnern. Er hatte zwei SS-Männer gesehen, die das Waldstück verließen, kurz bevor er die Leiche fand. Um die Zeit hatte eine SS-Einheit im Kreisgebiet Quartier gemacht. Vermutlich gehörten die beiden Männer zu dieser Einheit. Ich konnte die Angelegenheit aber nicht weiter verfolgen, weil die Gestapo den Fall dann an sich gezogen hat."

„Wer war noch am Tatort?"

„Gemeindebürgermeister Möller und der Herforder Kreisleiter Stieger. Sie waren schon im Hückerholz, als wir mit dem Krankenwagen ankamen."

Zöllner unterbrach ihn: „Nach meinen Informationen war Möller Ortsgruppenleiter ..."

Kreske nickte. „Richtig, Möller war ursprünglich Ortsgruppenleiter, hat dann aber auch noch das Amt des Gemeindebürgermeisters übernommen."

„Welchen Eindruck hatten Sie von Möller und Stieger?"

Kreske zögerte. „Was meinen Sie damit?"

„Na, ich meine, ob die beiden überrascht wirkten."

„Ja, sicher."

„Landrat Gissmer soll zum Zeitpunkt des Mordes ebenfalls in Hücker-Aschen gewesen sein ..."

„Ja, ich hörte davon. Er war aber nicht am Tatort."

„Haben Sie sich nicht darüber gewundert, dass Gissmer und Stieger gerade zum Zeitpunkt des Mordes in Hücker-Aschen waren?"

Kreske blickte Zöllner erstaunt an. „Glauben Sie, dass da …" Er vollendete den Satz nicht.

Zöllner zuckte mit den Schultern. „Haben Sie eine Vermutung, woher die beiden SS-Männer gewusst haben können, dass in der Gemeinde Werfen noch eine Jüdin wohnte?", fragte er dann.

„Nein. In Hücker-Aschen gab es aber Gerüchte, dass der Ortsgruppenleiter aus Hunnebrock der SS einen Hinweis gegeben haben könnte. Gerüchte, wie gesagt."

Zöllner erhob sich.

„Nicht doch noch einen kleinen Schluck?" Kreske schien erleichtert, dass das Gespräch beendet war.

Zöllner schüttelte den Kopf.

***

Felschmann hatte sich gehen lassen. Nichts an dem Mann erinnerte an den Ortsgruppenleiter, der während der Zeit des Dritten Reiches immer in tadelloser goldbrauner Parteiuniform durch den Ort stolziert war und die Partei repräsentiert hatte. Anlässlich besonderer Ereignisse hatte Felschmann sogar in Uniform unterrichtet. Er saß jetzt vor dem Haus auf einer Bank, in dem er zusammen mit seiner Frau und den beiden Kindern drei Räume bewohnte. Er war durchgeschwitzt von der Arbeit, unrasiert und sein Gesicht glänzte schmutzig. Neben ihm auf dem Boden stand eine halbvolle Flasche Bier. Ein Herrenmensch sah anders aus.

Er schaute den Ankömmling nur kurz an, dann griff er zur Bierflasche und nahm einen tiefen Zug. Danach suchte er umständlich in seiner Drillichjacke nach Zigaretten, wurde aber nicht fündig.

Erst als Zöllner ihm seine Packung *Eckstein* vor das Gesicht hielt, blickte Felschmann wieder hoch. Auf seinem Gesicht erschien der Anflug eines Lächelns, als er eine Zigarette aus der Packung zog.

„Herr Felschmann?“

Der Angesprochene nickte.

„Ortsgruppenleiter Felschmann?“, erweiterte Zöllner seine Frage jetzt.

Felschmann stutzte. „Was wollen Sie von mir?“, fragte er und nahm Zöllner etwas genauer in Augenschein. Inzwischen hatte er sein Feuerzeug gefunden und die Zigarette angezündet.

„Mein Name ist Zöllner, Kriminalpolizei. Ich habe einige Fragen an Sie!“

Felschmann nahm einen tiefen Zug. „Was wäre, wenn ich keine Lust hätte, Ihnen diese Fragen zu beantworten?"

Zöllner blieb ruhig und lächelte den ehemaligen Ortsgruppenleiter an. „Nichts", sagte er, „ich würde Sie lediglich von der hiesigen Polizei zur Befragung nach Bielefeld bringen lassen."

„Na, wenn Sie soviel Wert auf ein Gespräch mit mir legen … Schießen Sie mal los."

„Geschossen worden ist schon genug. Auch am 4. November 1944 in Werfen."

Dieser kurze Hinweis genügte. Man konnte Felschmann anmerken, dass er genau wusste, worüber Zöllner mit ihm sprechen wollte. Er schwieg und wartete.

„Sie waren von 1943 bis Kriegsende Ortsgruppenleiter in der Gemeinde Hunnebrock?"

Felschmann nickte. „Ja, aber ich habe mich damals nicht danach gedrängt, Ortsgruppenleiter zu werden. Ich war Beamter. Als ich gefragt wurde, konnte ich nicht ablehnen."

Zöllner hatte eine ähnliche Antwort erwartet. Felschmann war mit seiner Rechtfertigung aber noch nicht zu Ende. „Ich musste an meine Familie denken, schließlich war ich der einzige Ernährer."

Zöllner zündete sich ebenfalls eine Zigarette an und sagte dann: „Menschen aus dem Dorf haben mir gesagt, Sie seien ein überzeugter Nazi gewesen ..."

Felschmann schüttelte heftig den Kopf. „Das war ich sicherlich nicht, ich musste nach außen hin allerdings mein Amt so führen, wie es von mir erwartet wurde. Gerade wir Lehrer sind von der Partei in alle möglichen Dinge eingebunden worden. Die einfache Dorfbevölkerung kann ja kaum fehlerfrei schreiben. Von daher war die Zahl der Kandidaten für den Ortsgruppenleiterposten begrenzt."

„Sie sind nach Kriegsende aus dem Schuldienst entlassen worden?"

Felschmann nickte.

„Was haben Sie danach gemacht?"

„Ich war zwei Jahre lang in einem englischen Internierungslager in der Senne."

„Und – wovon leben Sie jetzt?"

„Zur Zeit helfe ich in der Landwirtschaft. Ob ich wieder als Lehrer arbeiten kann, ist noch nicht entschieden."

„Sie waren als Ortsgruppenleiter auch Volkssturmführer für die Gemeinde Hunnebrock und Umgebung und damit auch für die Gemeinde Werfen zuständig?"

„Ja, aber auch das Amt habe ich nicht angestrebt. Der Landrat hat mich dazu verpflichtet. Er hat damals besonnene Leute gesucht, keine

Hitzköpfe ... Und Ihnen ist ja sicherlich bekannt: Hier ist zum Kriegsende hin alles ruhig geblieben, im Ort ist kein Schuss gefallen. Wir haben die Panzersperren rechtzeitig abgebaut und die Amerikaner ohne Gegenwehr durchgelassen." Felschmann hatte aufgeraucht und schnippte die Kippe zur Seite.

Zöllner wechselte das Thema: „Und wie haben Sie von dem Mord an Franziska Spiegel erfahren?"

Der ehemalige Ortsgruppenleiter überlegte einen Augenblick. „Wenn ich mich recht erinnere, ist das an dem Tag passiert, an dem unser Volkssturm aufgestellt wurde. Der Spiegel kam kurz nach Dienstbeginn zu mir und bat um Dienstbefreiung, weil er seine Frau suchen wollte, die verschwunden war."

„Wie haben Sie darauf reagiert?"

„Ich konnte diese Bitte aus Gründen der Aufrechterhaltung der Disziplin nicht genehmigen. Es war die Gründungsversammlung des Volkssturms. Ich musste den Leuten klarmachen, dass das eine ernste Sache war und jeder Mann gebraucht wurde."

Zöllner widerten solche Rechtfertigungen an. Er hatte bislang noch keinen ehemaligen Nazi getroffen, der seine Verfehlungen zugegeben oder sein Handeln kritisch hinterfragt hätte.

„Sie haben also von Herrn Spiegel erfahren, dass seine Frau verschwunden war?“

„Soweit ich mich erinnern kann: Ja!“

„Nun sagt aber Herr Plaß, der ebenfalls an der Gründungsversammlung des Volkssturms teilgenommen hat, dass er Sie darüber informiert habe, dass er im Hückerholz die Leiche einer Frau gefunden hatte und deshalb am nächsten Morgen nach Spenge zur Befragung und Unterzeichnung eines polizeilichen Protokolls kommen sollte.“

Felschmann nickte. „Richtig. Daran kann ich mich erinnern.“

„Gut, Herr Plaß hat ebenfalls ausgesagt, dass Sie, als er von der toten Frau berichtete, sofort fragten, ob es sich um die Jüdin Spiegel gehandelt habe.“

Felschmann schüttelte heftig den Kopf. Seine Stimme wurde lauter: „Unsinn, das ist Unsinn. Woher hätte ich denn wissen können, um wen es sich bei der Leiche gehandelt hat?“

Zöllner ging auf die Gegenfrage Felschmanns nicht ein, sondern fragte seinerseits: „Herr Felschmann, weshalb haben Sie die im Dorfe untergebrachten SS-Männer auf Frau Spiegel aufmerksam gemacht? Wollten Sie, dass die arme Frau liquidiert werden sollte?“

Felschmann war jetzt aufgestanden und ging

vor der Bank hin und her. Er war sichtlich erregt. Er wusste natürlich, dass er diesen Vorwurf um jeden Preis leugnen musste. „Ich schwöre bei allem, was mir heilig ist, diese Information ist nicht von mir gekommen. Ich habe bis zum Zeitpunkt des Mordes überhaupt nicht gewusst, dass die Ehefrau des Spiegel Jüdin war."

Zöllner hatte plötzlich das starke Verlangen, die Wahrheit aus Felschmann herauszuprügeln. Er zwang sich aber, ruhig zu bleiben.

„Was ist Ihnen denn heilig? … Die Treue zum Führer? Die eigene Straffreiheit? Das eigene Überleben?" Zöllner machte eine kurze Pause und beobachtete Felschmann, der erneut aufbegehren wollte. „Das soll ich Ihnen glauben? Herr Spiegel hat mir berichtet, dass Sie seine Frau als eine ‚Eiterbeule am deutschen Volkskörper' bezeichnet haben."

„Nochmals Unsinn! Wenn Sie so etwas behaupten, müssen Sie das auch beweisen können. Ich sage Ihnen jedenfalls, dass das nicht stimmt." Etwas beherrschter fügte er hinzu: „Ich bin Familienvater. Wollen Sie, indem Sie solche Gerüchte in die Welt setzen, meine ganze Familie ins Unglück stürzen?"

„Diese Gerüchte existieren im Dorf. Sie stammen nicht von mir."

„Ich versichere Ihnen nochmals: Ich habe die

SS-Männer nicht informiert. Ich habe Ihnen jetzt alles gesagt."

Felschmann wandte sich ab, blickte demonstrativ die Straße hinunter und schwieg. Auf weitere Fragen Zöllners reagierte er nicht mehr.

Nachdem sich die beiden Männer eine Zeit lang schweigend angesehen hatten, stand Felschmann auf und ging ins Haus. Als Zöllner bereits befürchtete, dass Felschmann das Gespräch endgültig abgebrochen hatte, kam dieser mit einem Blatt Papier zurück.

„Hier, mein Entnazifizierungsbescheid. Man hat mich im Internierungslager in die Kategorie IV eingereiht. Das dürfte Ihre Zweifel an meiner Person ausräumen und zeigen, dass Ihre Vorwürfe haltlos sind – oder?"

Zöllner schüttelte den Kopf. „Sie sind also als bloßer Mitläufer entnazifiziert worden? Als Ortsgruppenleiter ein einfacher Mitläufer? Dann ist das ganze Verfahren mehr oder weniger eine Farce!"

Den letzten Satz hatte er wütend und mit erhöhter Lautstärke gesprochen. Bevor er sich umdrehte und ging, sagte er: „Wir werden uns sicherlich noch einmal sehen … Davon können Sie ausgehen."

***

Als Zöllner das Polizeipräsidium erreichte, war er noch immer über das Gespräch mit Felschmann erregt. Es würde schwierig werden, Felschmann nachzuweisen, dass er die SS über die Jüdin in Werfen informiert hatte. Auf dem Flur des Polizeipräsidiums kam ihm Gustav Schrader entgegen. Zöllner hatte Schrader in den letzten Tagen nur selten und dann auch bloß aus der Ferne gesehen. Der schwergewichtige Kriminalinspektor blickte seinen neuen Kollegen freundlich an. „Na, Zöllner, schon eingelebt?"

Nach dem Gespräch mit Felschmann reichte diese in Zöllners Augen scheinheilige Frage, um ihn explodieren zu lassen: „Wenn ich Typen wie Sie hier sehe, Schrader, fällt mir das, ehrlich gesagt, schwer."

Gustav Schrader blieb wie angewurzelt stehen. „Wie meinen Sie das?"

„Wie ich es sagte." Zöllner ging weiter und knallte die Tür seines Büros hinter sich zu.

Es dauerte nur wenige Minuten, bis sich die Tür öffnete und Schrader den Raum berat. Erregt fragte er: „Was sollte das vorhin, Zöllner? Kennen wir uns?"

Zöllner sprang auf. Die Erinnerungen an Schrader waren mit einem Male lebendig. „Das wissen Sie nicht mehr?", stieß er hervor. „Wir sind uns vor zehn Jahren schon einmal begegnet, unter für mich wenig erfreulichen Umständen. Und nun verlassen Sie bitte mein Büro."

Schrader zögerte und maß Zöllner noch einmal mit einem langen Blick, bevor er die Bürotür von außen schloss. Schrader schien ihn immer noch nicht erkannt zu haben, aber es konnte nicht mehr lange dauern, bis es bei ihm „Klick" machen würde.

Friedrich Kemper hatte die Auseinandersetzung mit stillem Erstaunen verfolgt. Als Schrader den Raum verlassen hatte, dauerte es noch einige Zeit, bis er fragte: „Sie kennen Schrader von früher?"

Zöllner nickte. „Ja."

Da Zöllner anzumerken war, dass er wenig Interesse hatte, diesen Sachverhalt zu vertiefen, verzichtete Kemper auf weitere Fragen.

***

Rehling war noch in seinem Büro. Als Zöllner anklopfte, ertönte unmittelbar danach ein „Herein".

Sowie Zöllner das Büro betrat, wies Rehling mit der rechten Hand auf den Stuhl vor seinem Schreibtisch. Zöllner setzte sich.

„Na Zöllner, wie kommen Sie voran?"

Zöllner berichtete kurz über den Stand seiner Ermittlungen. Er beendete seinen Bericht mit den Worten: „Der Felschmann hat Dreck am Stecken, das spüre ich genau. Ich bin mir sicher, dass er den Mordauftrag gegeben hat."

Rehling blickte Zöllner an und schüttelte leicht den Kopf: „Entscheidend sind die Beweise. Der Staatsanwalt wird niemanden anklagen, nur weil ein Polizeibeamter daran glaubt, dass der Betreffende die Tat begangen haben könnte."

Zöllner nickte. „Ich weiß. Ich würde morgen gern nach Fehrenbracht fahren, um mit dem früheren Landrat des Kreises Herford zu sprechen. Der war in Hücker-Aschen zugegen, als der Mord geschah."

„Wo liegt dieses Fehrenbracht?"

„Im Sauerland."

„Ist diese Fahrt wirklich nötig?" Man konnte Rehling ansehen, dass er nicht gerade davon begeistert war, einem seiner Männer eine so lange Dienstfahrt zu genehmigen.

Zöllner nickte. „Ich denke schon, als Landrat müsste Gissmer über Informationen bezüglich der SS-Einheit verfügen, die in seinem Kreis Quartier genommen hat."

Rehling kämpfte einen Augenblick mit sich, dann gab er nach: „Na gut, da nehmen Sie am besten den VW, der Opel hat ja schon einige Jährchen auf dem Buckel. Ich weiß nicht, ob der eine so lange Strecke durchhält."

Zöllner war zufrieden. Er wollte aber noch ein weiteres Thema ansprechen. Während er sich vom Stuhl erhob, fragte er beiläufig: „Seit wann ist eigentlich Kollege Schrader hier in Bielefeld bei der Kripo?“

Rehling stutzte. „Wie kommen Sie denn jetzt auf diese Frage?“

„Ich glaube, dass ich ihn früher einmal in Hamm gesehen habe.“

„Das kann wohl sein. Soweit ich weiß, hat Schrader vor dem Krieg bei der dortigen Kripo gearbeitet. Er ist erst nach Kriegsende zu uns nach Bielefeld gekommen.“

5. Kapitel

Freitag, den 20. August 1948

Zöllner war schon um 7 Uhr in der Frühe losgefahren. Er erreichte Fehrenbracht um die Mittagszeit. Von Eslohe kommend hatte er einen guten Blick auf das kleine Dorf, das weiter unten im Tal lag und fast ausschließlich aus Fachwerkhäusern bestand. Die Menschen lebten offensichtlich von der Land- und der Forstwirtschaft.

Kurz vor dem Ort bog Zöllner in einen Feldweg ein, stellte den Motor ab und wickelte sein Butterbrot aus, aß und trank einen Becher Malzkaffee aus der Thermoskanne. Dann fuhr er weiter und machte sich auf die Suche nach der einige Tage zuvor ermittelten Adresse des früheren Landrates.

Von Fehrenbracht aus wurde er zur Mühle verwiesen, die etwa einen Kilometer nördlich des Dorfes lag. Es war nicht schwer, die Mühle zu finden. Ein Junge, höchstens 14 Jahre alt, öffnete Zöllner die Tür und führte ihn in das Haus.

Gissmer, in dunkelgrüner Arbeitshose und kariertem Oberhemd gekleidet, saß in der Küche, wo es nach Eintopf roch. Die Familie schien die Mittagsmahlzeit gerade beendet zu haben.

Der frühere Landrat blickte seinen Besucher neugierig an. Eine ältere Frau, die sich an der

Küchenspüle zu schaffen machen wollte, verscheuchte er mit einer kurzen Handbewegung. Die Frau verließ daraufhin die Küche.

„Sie sind Erwin Gissmer, der frühere Landrat des Kreises Herford?"

Gissmer merkte auf. Er schien offenbar jemand anderen erwartet zu haben.

„Mein Name ist Zöllner. Ich ermittle in der Mordsache Franziska Spiegel." Zöllner reichte Gissmer seinen Dienstausweis, der ihn sorgfältig prüfte und ihn dann zurückgab.

Gissmer versuchte sofort, das Gespräch zu steuern. „Setzen Sie sich doch. Entschuldigen Sie die Unordnung. Wir wohnen nur vorübergehend hier ... Welche Veranlassung haben Sie, mich in dieser Angelegenheit aufzusuchen?"

„Das werden Sie im Verlaufe des Gespräches erfahren", entgegnete Zöllner förmlich.

Zöllner setzte sich an den Küchentisch. Er befragte Gissmer zunächst nach seinen Personalien und seinen gegenwärtigen Lebensverhältnissen. Gissmer war nach seiner Entlassung aus dem Internierungslager bei seinen Verwandten im Sauerland untergekommen, wo auch seine Frau und seine Kinder seit Kriegsende lebten. Er arbeitete in der Forstwirtschaft und half gelegentlich auch im Sägewerk mit.

„In welchem Internierungslager waren Sie?"

„In Neuengamme, etwa anderthalb Jahre lang. Keine schöne Zeit, können Sie mir glauben, obwohl sich die Engländer weitgehend ordentlich verhalten haben."

Zöllner war versucht, dem ehemaligen Landrat zu sagen, dass auch er einige Wochen in sogenannter Schutzhaft verbracht hatte, unterließ es aber. Das deutsche Wachpersonal hatte sich immer neue Schikanen ausgedacht und die Verhöre durch die Gestapo waren brutal gewesen. Er sah Gissmer aufmerksam an. Der ehemalige Landrat, sonnengebräunt, machte einen gesunden Eindruck. Die Jahre der Internierungshaft schienen dem früheren NSDAP-Gauinspektor und Reichstagsabgeordneten gesundheitlich nichts ausgemacht zu haben.

„Ich bin darüber informiert worden, dass Sie sich während des Mordes an Franziska Spiegel in unmittelbarer Nähe des Tatortes aufgehalten haben. Ist das richtig?"

Gissmer nickte. „Ja, zufällig. Kreisleiter Stieger und ich waren zu der Zeit bei dem Gemeindebürgermeister Möller von Hücker-Aschen, um dienstliche Angelegenheiten zu besprechen." Als Gissmer Zöllners skeptischen Blick bemerkte, schob er nach: „Wenn ich mich recht entsinne, war der Besuch mehrere Tage vorher verabredet worden."

Zöllner beließ es zunächst bei dieser Aussage. „Wie haben Sie von dem Mord erfahren?“, fragte er.

„Wir waren etwa eine halbe Stunde bei Möller, als dieser nach draußen gerufen wurde. Möller kam kurze Zeit später zurück und sagte uns, dass zwei junge Leute ihm gemeldet hätten, eine tote Frau liege am Waldesrand. Ich gab Möller den Auftrag, fernmündlich den Amtsbürgermeister in Spenge zu benachrichtigen und gleichzeitig den Krankenwagen zu alarmieren, denn es war bis zu diesem Augenblick noch nicht klar, ob die Frau wirklich tot war.“

„Was geschah dann?“

„Mir ist noch erinnerlich, dass der Amtsbürgermeister von Spenge mit dem Krankenwagen zum Tatort gefahren ist und wahrscheinlich die beiden jungen Leute als Wegweiser mitgenommen hat. Ich selbst habe mich nicht zum Tatort begeben, da dies eine Sache der zuständigen Ortspolizeibehörde war und von dieser bearbeitet wurde.“

„Was haben Stieger und Möller gemacht?“

„Kreisleiter Stieger und Möller sind sofort, nachdem wir über die tote Frau informiert worden waren, mit Stiegers Wagen zum Hückerholz gefahren und haben dort auf den Krankenwagen gewartet. Zuvor hatten wir unsere Besprechung abgebrochen und ich bin zurück nach Herford gefahren."

„Kannten Sie Franziska Spiegel?"

Gissmer schüttelte den Kopf. „Nicht persönlich. Aber einige Wochen vor dem Mord kam mein damaliger Sachbearbeiter zu mir und meldete, dass die Ortspolizeibehörde Ennigloh angerufen und mitgeteilt habe, sie sei von der Staatspolizei in Bielefeld beauftragt worden, Frau Spiegel in Bielefeld vorzuführen." Gissmer machte eine kurze Pause, so als müsse er sich erinnern, und fuhr dann fort: „Ich habe das abgelehnt und mich bei der Staatspolizei in Bielefeld dafür eingesetzt, davon abzusehen, da Frau Spiegel noch ein minderjähriges Kind habe und der Mann in einem kriegswichtigen Betrieb beschäftigt sei. Später erfuhr ich dann, dass Frau Spiegel von der Staatspolizei selbst abgeholt worden ist. Auch da habe ich mich wieder für ihre Freilassung eingesetzt. Dass ihre Freilassung tatsächlich erfolgte, habe ich erst durch den Mord erfahren. Ich kann mich noch daran erinnern, dass ich zu meinem damaligen Sachbearbeiter sagte, dass diese Frau vielleicht heute noch leben könnte, wenn ich mich nicht um ihre Freilassung bemüht hätte."

Gissmer schwieg jetzt. Zöllner wusste nicht, ob er ihm glauben sollte, dass er sich zuvor für die Ermordete eingesetzt hatte. Diese Aussage ließ sich vermutlich nicht mehr überprüfen.

„Besitzen Sie Informationen darüber, von wem Frau Spiegel ermordet worden ist?“

Gissmer schüttelte den Kopf. „Wer für den Mord infrage kommt, weiß ich nicht. Damals war eine SS-Division vorübergehend im Kreisgebiet stationiert. Bei mir ist allerdings kein Truppenführer wegen der Unterbringung vorstellig geworden. Ob das wegen der Geheimhaltung der bevorstehenden Ardennen-Offensive war, wie später gesagt wurde, weiß ich nicht. Es ist mir auch nicht bekannt, welche Einheiten dieser Division zur damaligen Zeit im Raum Bünde einquartiert waren.“

Hier gab sich einer ahnungslos. Zöllner spürte Zorn in sich aufsteigen. „Wollen Sie damit sagen, dass Sie als Landrat und hochrangiger NSDAP-Funktionär nicht wussten, wer sich in Ihrem Landkreis aufgehalten hat?“

„Ja.“

„Wollen Sie jemanden schützen?“

Gissmer blickte auf. „Nein, weshalb sollte ich?“

„Weil der Mord von Ihren Gesinnungsgenossen verübt worden ist.“

Der ehemalige Landrat wollte protestieren, sagte aber nichts.

Zöllner unternahm einen weiteren Anlauf,

um Gissmer zu provozieren. „Ich habe gehört, dass Sie bei den Übergriffen am 9. und am 10. November 1938 auf die Synagogen in Bünde und Vlotho ebenfalls *zufällig* anwesend waren. Viele Zufälle, finden Sie nicht auch?“

Gissmer ließ sich nicht aus der Reserve locken. „Wenn Sie das so sehen … Diese Zufälligkeiten hat es tatsächlich gegeben.“

„Immer wenn Sie in der Nähe waren, sind Übergriffe gegen Juden erfolgt.“

Gissmer ging auf diesen Vorwurf nicht ein. Er schien nicht bereit, über dieses Thema zu sprechen. Zöllner verzichtete auf eine weitere Vertiefung.

„Wie gut kannten Sie den Ortsgruppenleiter Felschmann aus Hunnebrock?“

„Nicht besser und nicht schlechter als die übrigen Ortsgruppenleiter meines Kreises. Ich war nicht Felschmanns Vorgesetzter, das war Kreisleiter Stieger.“

„Ich weiß. Hatten Sie im November 1944 Kontakt zu Felschmann?“

„Nein. Ich habe Felschmann während des Krieges insgesamt nur zwei- oder dreimal gesehen. Im September 1944, vielleicht war es auch schon Oktober, habe ich Felschmann angewiesen, das Amt des Volkssturmführers zu übernehmen.“

Zöllner stand auf. „Gut, Herr Gissmer, falls Ihnen noch etwas einfällt … Sie wissen, wo Sie mich erreichen können."

„Das würde mir sicherlich gelingen. Ich kann mir aber nicht vorstellen, dass das notwendig sein wird."

Da war sie wieder, diese selbstherrliche Art eines Mannes, der noch vor wenigen Jahren ein politisches Amt mit beträchtlicher Macht innegehabt hatte und dieser Zeit heute mit Sicherheit nachtrauerte. Wie Gissmers Zukunft aussehen würde, war unklar. Vermutlich würde der Mann aber genügend Leute kennen, die ihm bei einem beruflichen Einstieg in einer angemessenen Position behilflich sein konnten. Man würde sehen.

Bevor Zöllner den Raum verließ, wandte er sich noch einmal um und fragte: „Wissen Sie, wo ich den früheren Kreisleiter Stieger finden kann?"

Gissmer blickte Zöllner prüfend an, da er sich nicht sicher war, ob dieser ihn nicht übertölpeln wollte. „Den werden Sie wohl nicht mehr sprechen können", sagte er langsam.

„Weshalb nicht? Befindet er sich noch in einem Internierungslager?"

Der ehemalige Landrat schüttelte den Kopf. „Nein. Stieger ist bei der Verteidigung der Weser-Linie in den letzten Kriegstagen gefallen. Er soll in der Nähe von Höxter begraben sein."

***

Als Zöllner knapp vier Stunden später wieder in Bielefeld ankam, traf er Kemper in ihrem gemeinsamen Büro an. Er saß am Schreibtisch und hämmerte einen Bericht in die Schreibmaschine. Sowie er Zöllner bemerkte, unterbrach er seine Arbeit und fragte: „Na, haben Sie im Sauerland wichtige Erkenntnisse gewonnen?"

Zöllner schüttelte den Kopf. „Gissmers Bereitschaft, an der Aufklärung des Falles mitzuarbeiten, war gleich Null. Ich habe auch nicht wirklich etwas gegen ihn in der Hand. Also: Außer Spesen – nichts gewesen."

Er gab Kemper einen kurzen Bericht über das Gespräch mit Gissmer. „Ich bin sicher, dass Gissmer ziemlich rasch wieder Boden unter den Füßen bekommen wird. Typen wie der haben einflussreiche Freunde, die ihnen weiterhelfen werden. Viele der alten Nazis sind heute doch bereits wieder oder immer noch in wichtigen Positionen."

„Wo sollten die auch sonst hin? Man kann doch nicht alle ehemaligen Parteimitglieder einsperren oder entlassen."

„Man darf diesen Leuten aber keine Macht mehr geben! Jeder Einzelne muss spüren, woran er beteiligt war und was er angerichtet hat. Wer sich schuldig gemacht hat, muss auch bestraft werden."

„Das geschieht doch auch schon durch das Entnazifizierungsverfahren."

„Sie sind naiv, Kemper. Bei den Verfahren schlüpfen doch viele Nazis als bloße Mitläufer durch. Sie sind rehabilitiert und wieder in ihren alten Positionen, noch bevor überhaupt jemand an die Opfer gedacht hat. ... Felschmann zum Beispiel ist im Internierungslager entnazifiziert und dabei in die Kategorie Mitläufer eingruppiert worden. Der wird in ein paar Wochen oder Monaten wieder Kinder unterrichten dürfen."

Kemper blickte Zöllner an. „Na und? Immer noch besser, als wenn der Unterricht ganz ausfallen würde. Vielleicht hat der ja seine Lehren aus der Vergangenheit gezogen und hält sich jetzt politisch zurück."

Zöllner schüttelte den Kopf. „Glauben Sie wirklich, dass solch ein Mensch sein Denken von heute auf morgen ändert? Felschmann hat sich 1933 nicht anpassen müssen, der hat vermutlich schon immer so gedacht."

Als Kemper schwieg, erklärte Zöllner: „Ich halte es für möglich, dass Gissmer und der NSD-

AP-Kreisleiter wussten, dass am besagten Nachmittag der Mord geschehen würde. Beide haben sich zu der Besprechung nach Hücker-Aschen begeben, um sich aus allernächster Nähe von dem Erfolg der Aktion zu überzeugen."

Kemper verzog sein Gesicht. „Es kann sein, dass das so gewesen ist. Sie müssen es den Beteiligten aber beweisen. Wenn die eisern schweigen, dürfte das schwierig werden – oder?"

Zöllner nickte.

***

„Können wir nicht einen Kollegen in Münzdorf bitten, die Vernehmung von diesem Oertel vor Ort durchzuführen?" Rehling blickte Zöllner fragend an, als der vor ihm stand und ihm eröffnet hatte, dass er in den nächsten Tagen nach Württemberg fahren müsse, um Hans Oertel zu vernehmen.

Zöllner schüttelte energisch den Kopf. „Das möchte ich nicht. Oertel ist der entscheidende Mann, an seiner Vernehmung hängt der ganze Fall. Ich muss selber mit ihm sprechen."

„Und wenn Sie den Kollegen vor Ort genau instruieren?"

„Nein."

Rehling atmete tief durch und seufzte. „In

Gottes Namen, fahren Sie in dieses Münzdorf."
Als er sah, dass Zöllner noch keine Anstalten machte sich zu erheben, fragte er: „Ist noch was?"

„Ja, ich weiß nicht, wie lange ich für die Fahrt brauchen werde. Die Fahrt hin und zurück schaffe ich wohl nicht an einem Tag. Vermutlich muss ich vor Ort übernachten."

Der Kriminaloberinspektor stöhnte. „Wissen Sie, was das kostet? Benzin, Übernachtung, Spesen für das Essen … Zöllner, dann fahren Sie aber schon Sonntag früh los und kommen am Montag zurück. Wir können das Fahrzeug nicht zwei Arbeitstage lang entbehren. … Erstatten Sie mir am Montag sofort Bericht."

6. Kapitel

Sonntag, den 22. August 1948

Es war bereits später Nachmittag, als Zöllner Münzdorf erreichte. Er hatte nur Teilstrecken des Weges über die Autobahn zurücklegen können, die sich allerdings in einem weitgehend ordentlichen Zustand befand.

Die Münzdorfer Polizeistation lag in Sichtweite der kleinen Barockkirche, die das Ortszentrum prägte. Zöllner parkte den VW auf dem Platz neben der Kirche und ging die wenigen Schritte bis zur Station zu Fuß. Die Sommersonne meinte es gut mit den sonntäglichen Spaziergängern, die Zöllner zum Teil in größeren Gruppen entgegenkamen.

In der Wachstube saß ein einziger Beamter, der den Eintretenden neugierig anblickte. Zöllner zeigte seinen Ausweis und gab sich als Kollege zu erkennen. Der Polizeibeamte nannte seinen Namen: Höffle.

„Was führt Sie ins schöne Münzdorf, Herr Kollege?"

„Ich muss mich mit einem Ihrer Bürger unterhalten und möchte gerne, dass Sie dabei sind."

„Um wen handelt es sich?" Der Polizeibeamte blickte Zöllner neugierig an.

„Hans Oertel. Kennen Sie ihn?"

„Ja natürlich. Münzdorf ist – wie der Name schon sagt – ein Dorf, da kennt jeder jeden. Hat der Hans etwas ausgefressen?“

„Das wird sich herausstellen. Deshalb muss ich mit ihm sprechen.“

„Gut, am besten, wir fahren sofort zu ihm. Sie haben doch einen Wagen dabei?“

Zöllner nickte. Der füllige Höffle schien nicht mehr so gut zu Fuß zu sein, vermutlich machte ihm sein Gewicht zu schaffen.

Während sie zum Auto gingen, fragte Zöllner: „Können Sie mir einen Gasthof empfehlen? Ich werde hier heute übernachten.“

Höffle deutete auf ein Fachwerkhaus mit einem Schmuckgiebel, das hinter der Kirche zu erkennen war. „Ja, sicher. Wir haben hier nur den *Schwan.* Das ist aber ein gut geführtes und ordentliches Haus. Wir kommen gleich dran vorbei.“

***

Ein Mann, den Zöllner auf Mitte Zwanzig schätzte und den er sofort als Hans Oertel erkannte, öffnete die Haustür. Hinter ihm stand eine hübsche junge Frau, die ein kleines blondgelocktes Mädchen, vermutlich noch keine zwei Jahre alt, auf dem Arm trug. Die Frau war mit einem blaugeblümten Haushaltskittel bekleidet und blickte die beiden Polizeibeamten freundlich an.

„Herr Oertel? Hans Oertel?“

Der Mann nickte. Er hatte kurzgeschnittene schwarze Haare, ein sonnengebräuntes Gesicht und einen muskulösen Oberkörper. Er taxierte die beiden vor ihm stehenden Personen mit dem Selbstbewusstsein eines Mannes, der mit sich und seinen Lebensverhältnissen zufrieden war.

„Herr Oertel, ich muss Sie sprechen.“ Zöllner hielt ihm seinen Dienstausweis entgegen. Wachtmeister Höffle, der Zöllner begleitete, hatte Oertel bei der Begrüßung freundlich zugenickt. Jetzt stand er mit unbewegter Miene neben Zöllner und beobachtete das Geschehen.

Man konnte Oertel ansehen, dass er sich dazu zwang, ruhig zu bleiben. „Worum geht es?“

„Das würde ich mit Ihnen in aller Ruhe in Ihrem Wohnzimmer oder in Ihrer Küche besprechen.“

Hans Oertel zögerte, dann nickte er.

Nachdem Oertel seine Frau mit der kleinen Tochter nach draußen geschickt hatte und die drei Männer auf den Stühlen im kleinen Wohnzimmer Platz genommen hatten, fragte Zöllner: „Sie waren bei der Waffen-SS? Panzerdivision *Leibstandarte Adolf Hitler*?“

Oertel wirkte ein wenig irritiert. „Ich habe für unser Vaterland gekämpft, ja." Nach einer kurzen Pause schob er nach: „Aber das hat ja wohl jeder anständige Deutsche getan."

„Nicht jeder anständige Deutsche war in der SS und nicht jeder SS-Mann war anständig."

Oertel schüttelte den Kopf und bedachte Zöllner mit einem abweisenden Blick. „Wir waren Soldaten. Wir haben genau wie die Wehrmacht unser Leben für Deutschland eingesetzt. Wir haben gekämpft wie die Armeen unserer Feinde auch. Viele meiner Kameraden sind gefallen. Was wollen Sie uns vorwerfen?"

Zöllner blickte sich um. Das Wohnzimmer war nicht sehr groß. Ein Tisch, ein Sofa, drei mit Stoff bespannte Stühle und ein älterer Wohnzimmerschrank bildeten die Grundausstattung. An einer Wand hingen einige gerahmte Fotos. Zöllner ärgerte sich, dass er das Gespräch so begonnen hatte. Dieses allgemeine Geplänkel über die SS war nicht zielführend. Dennoch fragte er ruhig weiter: „Waren Sie in Malmédy dabei?"

„Was meinen Sie damit?"

„Das wissen Sie doch! Im Malmédy hat Ihre Einheit etwa 80 bereits gefangengenommene amerikanische Soldaten liquidiert."

Oertel schwieg.

„Seien Sie wenigstens sich selbst gegenüber ehrlich, Oertel. Das war weder ein gerechter Krieg, noch haben Sie ritterlich gekämpft. Das war feiger Mord ... genauso feige wie der Mord an Franziska Spiegel in Werfen, wo Sie sich im Oktober und November 1944 aufgehalten haben."

Oertel blickte ihn jetzt erstaunt an, schwieg aber weiter. Zöllner sah ihm an, dass er mit sich kämpfte. „Sie sind doch eigentlich ein anständiger Mensch, Oertel. Können Sie diese Taten mit Ihrem Gewissen vereinbaren?"

„Ich war an den Geschehnissen in Malmédy nicht beteiligt. Unsere Kampfgruppe kam erst etwas später vorbei. Wir haben die Toten gesehen. Es hieß, sie hätten versucht zu fliehen."

Zöllner blickte Oertel zweifelnd an: „Das haben Sie geglaubt?"

„Wir konnten uns damit gar nicht weiter beschäftigen. Wir standen enorm unter Druck, wir mussten den Durchbruch bis Huy schaffen, um die Maas-Brücken zu besetzen. Wir lagen schon etwas hinter dem Zeitplan zurück. Die gesamte Ardennen-Offensive hing davon ab."

Zöllner zuckte die Achseln und wechselte das Thema: „Ich habe eine Zeugenaussage, dass Sie damals in Werfen vor dem Haus der Familie Spiegel gesehen worden sind, als Franziska Spiegel gezwungen wurde, mit in das Waldstück zu gehen, wo man sie dann erschossen hat. Die Zeugin sagt aus, dass Sie an dem Mord vermutlich nicht direkt beteiligt gewesen sind, aber Mitwisser waren. Was juristisch daraus folgt, hängt ganz von Ihnen ab. Wäre doch nicht schön, wenn Ihre kleine Tochter die ersten Jahre ohne Sie aufwachsen müsste – oder?"

Oertel ließ die beiden Polizisten einige Sekunden warten, bevor er antwortete: „Ich kann mich an die Geschehnisse in diesem Dorf gar nicht mehr erinnern. Liegt ja auch schon fast vier Jahre zurück."

„Kennen Sie noch eine Lena Roedinger? Sie waren mit ihr befreundet, als Sie sich in Bünde aufhielten. Sie haben der Lena – offenbar als Beweis Ihrer Zuneigung – dieses Passfoto gegeben." Zöllner schob Oertel sein eigenes, inzwischen vier oder fünf Jahre altes Passbild hin.

Oertel warf nur einen kurzen Blick auf das Foto. „Ja und – ist es verboten, mit einem Mädchen befreundet zu sein?"

„Keineswegs. War ja auch ein arisches Mädchen, keine Jüdin. Also: kein Problem."

Man merkte Oertel an, dass er innerlich kochte. „Was wollen Sie eigentlich von mir?"

„Lena Roedinger hat ausgesagt, dass Sie ihr erzählt hätten, Sie seien von Ihrem Vorgesetzten mit der Ermordung von Franziska Spiegel beauftragt worden."

Oertel schüttelte den Kopf. „Das ist Unsinn, da hat sie irgendetwas völlig falsch verstanden. Kann sein, dass wir damals ganz allgemein über den Mord gesprochen haben, nachdem er geschehen war."

„Lena Roedinger hat gesagt ... warten Sie einmal", Zöllner zog ein Aktenstück heraus, in dem er kurz blätterte. „Sie hat folgende Aussage gemacht und unterschrieben: ‚Einige Tage, nachdem der Mord an der Jüdin Spiegel ausgeführt worden war, ging ich mit dem Hans Oertel spazieren. Im Laufe unseres Gespräches kamen wir auf den Mord an der Spiegel zu sprechen. Ich hatte gemeint, dass es doch eine Gemeinheit sei, eine unschuldige Frau zu erschießen. Daraufhin sagte Oertel zu mir, er habe den Auftrag gehabt, die Spiegel zu liquidieren. Er habe es jedoch nicht getan und abgelehnt, weil er die Frau nicht kennen würde und eine unschuldige Frau nicht erschiessen wollte. Die Frau Spiegel sei daraufhin von anderen Kameraden erschossen worden.'" Zöllner ließ das Aktenstück sinken und blickte Oertel aufmerksam an. „Was sagen Sie dazu?"

„Das stimmt nicht. An dieses Gespräch kann ich mich nicht erinnern. Das kann so auch nicht stattgefunden haben, weil ich gar nicht weiß, wer die Jüdin tatsächlich umgebracht hat."

Zöllner schüttelte den Kopf. „Die Lena Roedinger machte einen durchaus glaubhaften Eindruck. Ich kann mir nicht vorstellen, dass sie diese Aussage zurückziehen wird."

Er beugte sich etwas vor und sagte eindringlich: „Fräulein Roedinger war nicht gut auf Sie zu sprechen, als ich sie befragte. Sie ist fest der Meinung, dass Sie ihr damals die Ehe versprochen hätten."

„Unsinn. Auch das stimmt nicht." Jetzt grinste Oertel. Dieser Vorwurf schien ihn nicht sonderlich zu berühren. „Ich glaube, ich war nicht der einzige, von dem sie glaubt, ein Eheversprechen erhalten zu haben."

Zöllner setzte nach: „Sie bestreiten also, sich vor dem Haus der Frau Spiegel aufgehalten zu haben, als diese von Ihren Kameraden in den Wald geführt und erschossen worden ist?"

„Das bestreite ich. Ihre Zeugin muss sich irren."

„Auf mich machte die einen sehr glaubwürdigen Eindruck. Sie hat Sie auf dem Foto sofort erkannt." Zöllner musterte Oertel mit einem scharfen Blick. „Ich glaube Ihnen kein Wort. Ich sehe zwei Möglichkeiten für Sie. Entweder Sie sagen mir die Namen der Täter und ihres Auftraggebers oder ich lasse Sie von meinen württembergischen Kollegen wegen Mordverdachts verhaften und nach Nordrhein-Westfalen bringen. Wir vernehmen Sie dann in Bielefeld. Es wird auch eine Gegenüberstellung mit Fräulein Roedinger geben. Glauben Sie mir, Oertel, das wird nicht angenehm für Sie. Wenn dann der Prozess stattfindet, stehen Sie wegen Mittäterschaft, mindestens aber wegen Mitwisserschaft vor Gericht."

Oertels Gesicht verriet jetzt Unsicherheit. Zöllner ließ nicht locker: „Sie haben eine hübsche Frau, eine kleine Tochter. Sie haben sich hier eine Existenz aufgebaut. Die Zeiten sind schwer, schwer für eine alleinstehende Frau mit Kind. Überlegen Sie, ob Sie Ihrer Frau und Ihrer Tochter das antun wollen."

Zöllner blickte Oertel auffordernd an, der wich seinem Blick aus. „Wenn Sie mir die Namen sagen, kommen Sie mit einem blauen Auge davon, das verspreche ich Ihnen."

Oertel schwieg.

„Überlegen Sie sich die Sache. Ich kehre erst morgen wieder nach Bielefeld zurück. Ich übernachte hier im *Schwan*, Sie können mich da jederzeit erreichen. Ich komme morgen früh noch einmal bei Ihnen vorbei."

Zöllner stand auf, auch der ihn begleitende Polizeibeamte erhob sich. Während sie zur Tür gingen, betrachtete Zöllner die sechs oder sieben Fotos, die Oertel in Bilderrahmen an der Wand angebracht hatte. Darunter befand sich ein Hochzeitsfoto, auf dem Oertel, seine Frau und eine Hochzeitsgesellschaft zu erkennen waren, dann einige ältere Familienfotos, auf denen Oertel vermutlich mit seinen Eltern und Geschwistern abgebildet war und schließlich auch zwei Fotos, die Oertel mit Kriegskameraden zeigten, die vor einem Panzerspähwagen posierten.

***

Zöllner brachte Höffle zurück zu seiner Dienststelle. Auf der Rückfahrt konnte Zöllner dem Mann kaum ein Wort entlocken. Er konnte nur soviel erfahren, dass sein Kollege nicht viel davon hielt, diesen Fall jetzt noch einmal aufzurollen. „Das ist doch im Krieg geschehen", sagte er. „Wir sollten dieses Kapitel abschließen. Wir dürfen uns nicht selbst zerfleischen. Die Alliierten machen uns schon Probleme genug." Zu weiteren Äußerungen war er nicht bereit.

***

Im *Schwan* begann das Abendgeschäft. Die Gaststube füllte sich. Zöllner setzte sich an einen der langen Tische und bestellte ein Bier und ein Schweineschnitzel mit Bratkartoffeln und eingelegten Gurken. Als die Wirtin ihm das Essen brachte, hatten sich bereits drei Einheimische zu ihm gesetzt.

„Wo kommst denn du her?“, wurde Zöllner von einem hünenhaften Mann gefragt, dessen rote Wangen glänzten. Seine riesige Pranke hielt sein Bierglas vollkommen umschlossen. Er hatte das Glas mit einem Zug bereits zur Hälfte geleert und wischte sich den Schaum mit dem Handrücken von den Lippen. Er blickte Zöllner neugierig an, auch seine beiden Begleiter sahen interessiert herüber.

„Aus Westfalen“, Zöllner blieb reserviert. Ihm war an einer weitergehenden Unterhaltung nicht gelegen.

„Und – gefällt's dir hier?“

„Ja, schöne Gegend.“

Die drei gaben auf. Sie schienen von der Einsilbigkeit ihres Tischnachbarn enttäuscht zu sein und unterhielten sich jetzt miteinander. Es ging um ihre Arbeit. Alle drei, das entnahm Zöllner den Wortbeiträgen, die er wegen des fremdartigen Dialekts nicht vollständig verstehen konnte, arbeiteten in der gleichen Firma, in einer Motorenfabrik im Ort. Die Firma schien zu florieren. Der Juniorchef hatte sich, wie Zöllner aus der Unterhaltung erfuhr, gerade einen neuen Mercedes 170 V gekauft.

Als Zöllner gegessen und bezahlt hatte, verabschiedete er sich und machte noch einen Spaziergang durch den Ort.

Während er durch die schmalen Gassen ging und die milde Abendluft genoss, dachte er noch einmal über das Gespräch mit Oertel nach. Er hatte Oertel zumindest verunsichert. Dass Oertel mehr über den Mord wusste, als er sagte, war jetzt klar.

Münzdorf war ein überschaubarer Ort. Schnell hatte Zöllner die letzten Häuser hinter sich gelassen. Am Eingang eines kleinen Waldstücks stand eine Bank, die in der einbrechenden Dunkelheit gerade noch schemenhaft zu erkennen war. Zöllner setzte sich, streckte die Beine aus und lehnte sich zurück, bevor er sich eine Zigarette angezündete. In Münzdorf hatte der Krieg äußerlich keine Spuren hinterlassen. Das Dorf war zur Normalität zurückgekehrt. Die Währungsreform hatte dafür gesorgt, dass die schlimmsten Versorgungsengpässe überwunden waren.

Plötzlich musste Zöllner an seine Frau denken, an Edith, die ihm seit Kriegsende aus Canterbury schrieb. Er wusste, dass er sich bald entscheiden musste. Seine Frau hatte große Geduld mit ihm. Er liebte seine Frau, das stand außer Frage. Er sehnte sich nach ihr, gerade heute Abend hier in

Münzdorf, wo er sich besonders allein und einsam fühlte.

Er war – abgesehen vom Krieg, wo er in Frankreich hatte kämpfen müssen – noch nie im Ausland gewesen, besaß kaum Fremdsprachenkenntnisse und würde sich sicher nicht leicht an das Leben in England gewöhnen können.

Aus seinem Freundeskreis in Hamm waren während der Weltwirtschaftskrise einige Menschen nach Australien ausgewandert. Zöllner hatte diese Menschen einerseits mit Bewunderung, andererseits mit Unverständnis betrachtet. Für ihn selber war es nie in Betracht gekommen, Deutschland den Rücken zu kehren.

Als er auf dem Rückweg ins Dorf an dem Haus vorbeikam, das Hans Oertel mit seiner Familie bewohnte, überkam ihn ein starker Harndrang. Er stellte sich an einen Baum, der zwischen Straße und Gehweg angepflanzt worden war. Während er sich erleichterte, bemerkte er, dass Oertel sein Haus verließ.

Oertel wandte sich nach links, von Zöllner weg, und ging schnellen Schrittes die Straße hinauf. Zöllner verharrte einen Augenblick, brachte seine Kleidung in Ordnung und folgte dem Davoneilenden. Da die Straße dunkel war, musste er darauf achten, Oertel nicht aus den Augen zu verlieren.

Oertel strebte dem Ausgang des Dorfes zu. Einige Male sah er sich um, aber immer gelang es Zöllner sich rechtzeitig hinter einem Baum oder in einem Hauseingang zu verbergen.

Das Terrain wurde jetzt überschaubarer, was für Zöllner bedeutete, dass er sich noch weiter zurückfallen lassen musste. Er wusste nicht, was Oertel vorhatte. Wollte er einen Freund, vielleicht sogar einen Kriegskameraden von früher, besuchen, um sich mit ihm zu beratschlagen? Vielleicht führte ihn Oertel damit ja direkt zu einem der beiden Täter. Das hieß, er musste jetzt besonders vorsichtig sein, Oertel durfte ihn auf keinen Fall bemerken.

Die letzten Häuser lagen schon hinter ihnen. Zöllner gab Oertel noch etwas mehr Vorsprung. Glücklicherweise schien der Mond, dessen Licht ausreichte, um Oertel verfolgen zu können.

Plötzlich drang ein Geräusch an Zöllners Ohr, das sich als das Knattern eines Motorrades herausstellte. Das Motorrad kam von vorn. Oertel stand für kurze Zeit im Lichtkegel des Scheinwerfers. Dann wendete das Motorrad. Oertel schien aufgestiegen zu sein, und das Gefährt entfernte sich rasch. Zöllner konnte nur noch enttäuscht hinterherstarren.

***

Zurück im Wirtshaus sah Zöllner, dass die Gaststube immer noch gut besucht war. Er erwog, noch einmal auf ein Bier einzukehren, entschied sich dann aber, nach oben auf sein Zimmer zu gehen und sich schlafen zu legen.

Zwei Stunden später wurde er durch den Lärm der letzten Gäste geweckt, die sich vor dem Wirtshaus noch lautstark unterhielten. Danach fand er nur schwer wieder in den Schlaf. Plötzlich kam ihm ein Gedanke. Er versuchte, sich an die Fotos zu erinnern, die er in Oertels Wohnzimmer gesehen hatte und die Oertel mit Kriegskameraden zeigten. Vielleicht ergaben sich daraus neue Erkenntnisse. Er würde diese Fotos morgen noch einmal genauer in Augenschein nehmen. Mit diesem Gedanken schlief er wieder ein.

7. Kapitel

Montag, den 23. August 1948

Am nächsten Morgen stand Zöllner um 8.30 Uhr vor der Wohnung Oertels. Es genügte ein kurzes Klingeln und die Tür öffnete sich. Frau Oertel, die kleine Tochter auf dem Arm, stand in der Tür. Sie sah müde aus. Ihre Augen waren gerötet.

„Tag, Frau Oertel, ich möchte Ihren Mann sprechen."

„Mein Mann ist seit gestern Abend verschwunden." Die Bitterkeit und der Vorwurf in ihrer Stimme waren nicht zu überhören. Sie machte offenbar Zöllner für das Verschwinden ihres Mannes verantwortlich.

„Darf ich hereinkommen?"

Die Frau nickte. Vermutlich erhoffte sie sich von ihrem Besucher Informationen über den Aufenthaltsort ihres Mannes. Sie führte Zöllner in das Wohnzimmer.

„Haben Sie eine Ahnung, wo mein Mann sein könnte?", fragte sie, nachdem sie sich gesetzt hatten. Die kleine Tochter blieb auf dem Arm ihrer Mutter. Sie nuckelte an ihrem Daumen und blickte Zöllner neugierig an.

Zöllner schüttelte den Kopf. „Wann hat Ihr Mann das Haus verlassen?"

„Das muss nach 22 Uhr gewesen sein. Ich hatte mich schon schlafen gelegt … Vorher, so gegen 19 Uhr war Hans schon einmal weg. Er ist dann aber kurze Zeit später zurückgekommen."

Zöllner hatte miterlebt, dass Oertel etwa um 22:30 Uhr mit dem Motorrad abgeholt worden war. Er war demnach nicht mehr nach Hause zurückgekehrt.

„Haben Sie ihn gefragt, wo er um 19 Uhr gewesen ist?"

„Ja, aber er hat es mir nicht gesagt. Er wirkte irgendwie nervös."

Zöllner stand auf und betrachtete die Fotos, die an der Wand hingen. Er zeigte auf das untere Foto. „Kennen Sie die Männer?"

Frau Oertel nickte. „Das sind, soweit ich weiß, Kriegskameraden meines Mannes. Hans hat aber nicht viel über die Kriegszeit gesprochen."

‚Das kann ich gut verstehen', dachte Zöllner.

„Der eine hier", sie zeigte auf einen großen blonden Mann, der neben Oertel stand, „war vor ein paar Monaten einmal zu Besuch hier. Er heißt Kurt. Vielleicht ist das sogar ein Arbeitskollege von Hans. Die beiden haben sich jedenfalls längere Zeit über ihre Arbeit unterhalten."

„Wo arbeitet Ihr Mann?"

„Bei den Elektromotorenwerken hier im Ort."

„Darf ich mir dieses Foto einmal ausleihen?"

Zöllner hatte ein Foto von der Wand genommen.

Oertels Frau zögerte. Sie wusste offenbar nicht, was ihr Mann dazu sagen würde.

„Machen Sie sich keine Gedanken. Ich bin Polizist, Sie können mir vertrauen. Sie bekommen das Foto rasch zurück. Ich muss doch, wenn ich Ihren Mann suchen soll, ein Foto von ihm haben."

Das schien die Frau zu beruhigen. „Ich habe aber auch noch andere Fotos von Hans", sagte sie.

„Das Foto hier reicht völlig aus."

Beide schwiegen eine Weile. „Was kann ich tun?", fragte sie dann.

„Wenn Ihr Mann im Laufe des Tages nicht heimkommt, gehen Sie heute Nachmittag zur örtlichen Polizeistation und geben eine Vermisstenanzeige auf. Die Kollegen werden sich um die Sache kümmern." Er erhob sich.

An der Haustür fragte Zöllner: „Wo kann man hier telefonieren?"

„Im Geschäft vom Allgöwer." Oertels Frau zeigte auf ein Ladengeschäft, das in Sichtweite lag. „Da telefonieren wir alle, wenn etwas Wichtiges anliegt."

Zöllner bedankte sich und machte sich auf den Weg. Das Lebensmittelgeschäft hatte geöffnet.

Hinter dem Verkaufstresen stand ein schmaler, unscheinbarer Mann mit weißer Schürze, vermutlich der Ladeninhaber.

„Kann man bei Ihnen telefonieren?"

Der Mann hinter dem Tresen blickte Zöllner misstrauisch an. Erst nachdem Zöllner seinen Dienstausweis gezeigt hatte, nickte der Mann.

„Kommen Sie", sagte er.

Zöllner schüttelte den Kopf. „Mich interessiert nur, ob Hans Oertel gestern Abend bei Ihnen war und telefoniert hat."

Allgöwer war überrascht. „Ja, der war gestern Abend hier. Hans hat gesagt, dass er dringend telefonieren müsse."

„Wissen Sie, mit wem er gesprochen hat?"

„Nein, der Hans hat leise geredet, ich habe auch nicht zugehört. Man ist ja nicht neugierig."

Zöllner musste sein Grinsen unterdrücken. Das nahm er dem Mann nicht ab. „Hat es sich um ein Orts- oder um ein Ferngespräch gehandelt?"

Allgöwer überlegte nicht lange. „Es muss ein Ortsgespräch gewesen sein. Der Hans ist eine ehrliche Haut. Er hat mir hinterher zwei Zehnpfennig-Scheine gegeben. Die nehme ich seit der Währungsreform immer für ein Ortsgespräch. Ferngespräche sind teurer."

„Wann war das?"

„Das war nach dem Abendessen, so gegen 19:00 Uhr."

Zöllner überlegte kurz. „Ich müsste doch mal telefonieren. Haben Sie die Nummer der hiesigen Elektromotorenwerke?"

Allgöwer nickte.

Nach zweimaligem Klingeln meldete sich eine Sekretärin. Zöllner stellte sich vor und erkundigte sich, ob Hans Oertel in der Fabrik sei.

„Warten Sie bitte." Nach etwa einer Minute sagte die Frau: „Nein, Herr Oertel ist heute nicht zur Arbeit erschienen."

„Hat er Urlaub?"

„Nein, er müsste eigentlich anwesend sein. Vermutlich ist er krank. Sie werden ihn wohl zuhause erreichen."

Zöllner bedankte sich und legte auf. Er blätterte zwei Zehnpfennig-Scheine auf den Tresen, nickte dem Ladeninhaber zu und verließ das Geschäft. Vor dem Haus blickte er sich unschlüssig um. Oertels Frau stand weiter oben auf dem Bürgersteig und unterhielt sich mit einer Nachbarin. Auch Allgöwer stand in der offenen Ladentür und schaute Zöllner hinterher.

Oertel war verschwunden, kurz nachdem er telefoniert hatte. Das konnte eigentlich nur bedeuten, dass er mit den Tätern gesprochen und sie darüber informiert hatte, dass ein Polizist gegen sie ermittelte. Und Oertel war daraufhin von den Tätern gedrängt worden, erst einmal unterzutauchen, um der Polizei aus dem Wege zu gehen.

Wie dem auch sei. Oertel war verschwunden und würde vermutlich so schnell nicht wieder auftauchen. Es machte auch keinen Sinn, hier in Münzdorf auf Oertel zu warten. Es konnte Tage oder Wochen dauern, bis er zurückkam.

Schlimmstenfalls war Oertel auf dem Weg ins Ausland. Zöllner hatte von einem amerikanischen Geheimdienstagenten erfahren, dass unmittelbar nach Kriegsende viele belastete Nationalsozialisten und SS-Angehörige Deutschland auf der sogenannten „Rattenlinie“ verlassen hatten, die über Rom nach Südamerika führte. Von Vertretern der katholischen Kirche waren die Flüchtigen mit Ausweispapieren versorgt worden. Vielleicht funktionierte diese Fluchtroute immer noch und wurde von der SS weiterhin genutzt.

***

Bevor er sich auf den Heimweg machte, besuchte Zöllner noch einmal den Münzdorfer Polizeiposten. Wachtmeister Höffle goss gerade die Blumen, als Zöllner das kleine Büro betrat. Er nickte dem beleibten Wachtmeister zu.

„Oertel ist seit gestern Abend verschwunden. Seine Frau wird heute Nachmittag vorbeikommen und eine Vermisstenanzeige aufgeben, falls er bis dahin noch nicht wieder aufgetaucht ist."

„So, der Hans ist weg", wiederholte Höffle. „Na, der wird schon wieder auftauchen. Hier in Münzdorf ist noch niemand abhanden gekommen. Ich erinnere mich, vor dem Krieg gab es einen Fall ..."

Zöllner hatte keine Lust, sich von in früheren Jahren verschwundenen und dann wieder aufgetauchten Personen erzählen zu lassen. Deshalb unterbrach er Höffle mit leichter Schärfe in der Stimme: „Dies hier ist ein besonderer Fall. Benachrichtigen Sie mich bitte sofort, wenn Oertel wieder auftaucht. Behalten Sie seine Wohnung im Blick." In etwas moderaterem Tonfall fragte er: „Versprechen Sie mir das?" Zöllner blickte seinen Kollegen an, griff nach einem Bleistift und einem Zettel und notierte die Telefonnummer seiner Dienststelle in Bielefeld. Höffle nickte dienstbeflissen. Mit leicht beleidigtem Unterton in seiner Stimme wünschte er Zöllner eine gute Fahrt.

8. Kapitel

Dienstag, den 24. August 1948

Ella Ahrens kehrte gerade mit dem Fahrrad vom Einkauf zurück, als Zöllner – wieder mit dem Motorrad unterwegs – das Haus in der Lenastraße erreichte. Während Ella Ahrens die Einkaufstasche vom Lenker nahm, blickte sie Zöllner, der gerade das Motorrad abstellte und dann die Lederkappe vom Kopf zog, erstaunt an. Heute trug sie einen dunkelbraunen Rock und eine gelbgeblümte Bluse und sah damit – fand Zöllner – ganz adrett aus.

„Frau Ahrens, ich habe noch einige Fragen an Sie. Können wir uns irgendwo setzen?"

Ella Ahrens lächelte. „Ja natürlich. Ich stelle nur rasch den Einkauf ab."

Die mit roten Ziegeln gepflasterte Deele, die sie zusammen betraten, war klein und dunkel. An den Seiten rechts und links waren vor allem Gartengeräte abgestellt. Den Abschluss des Raumes bildeten eine Schwengelpumpe und ein rechteckiges Wasserbecken. Links von der Deele zweigte Ella Ahrens' Wohnung ab.

Sie betraten die kleine Küche. Zöllner setzte sich an den Küchentisch, während Ella Ahrens ihren Einkauf in die kleine Abstellkammer brachte.

„Frau Ahrens, ich möchte, dass Sie sich dieses

Foto einmal genau anschauen", eröffnete Zöllner das Gespräch, als Ella Ahrens sich zu ihm gesetzt hatte. Während er sprach, hatte er das Foto aus der Jacke gezogen, das Oertel mit seinen beiden Kriegskameraden zeigte.

Ella Ahrens nahm das Foto und ging damit zum Fenster, wo sie es in Augenschein nahm. „Die beiden hier", erklärte sie dann und zeigte auf die beiden Männer, die neben Oertel vor dem Panzerspähwagen standen, „die beiden waren hier im Haus und haben Franziska mitgenommen."

„Kein Zweifel möglich?", fragte Zöllner.

„Nein, es waren die beiden. Dafür lege ich meine Hand ins Feuer."

***

Als Zöllner das Büro betrat, kam Kemper ihm auf halbem Wege entgegen. „Hans Oertel ist tot."

Damit hatte Zöllner nicht gerechnet. „Woher wissen Sie das?"

„Der Polizeiposten aus Münzdorf hat vorhin angerufen. Er wollte Sie sprechen. Man hat Oertel heute Mittag unweit von Münzdorf gefunden, in einem Steinbruch. Erschossen."

Zöllners Gedanken überschlugen sich. Das

konnte nur bedeuten, dass man Oertel vermutlich noch an dem Abend, als er von dem Motorradfahrer abgeholt worden war, umgebracht hatte. Seltsam. Oertel war zu seinem Mörder auf das Motorrad gestiegen. Wie ein Schaf, das freiwillig zur Schlachtbank ging? Unsinn. Zöllner verwarf diesen Gedanken sofort wieder. Oertel hatte nicht geahnt, was man mit ihm vorhatte.

„Haben Sie damit Ihre letzte Spur verloren?"

Zöllner schüttelte den Kopf. „Vielleicht noch nicht." Er berichtete seinem Kollegen von dem Gespräch mit Ella Ahrens. „Sie hat die beiden Männer auf dem Foto erkannt, das ich ihr gezeigt habe. Die beiden haben Franziska Spiegel im November 1944 aus dem Kotten geholt und umgebracht. Oertel hat die beiden Mörder also gekannt."

„Das bringt uns aber nicht weiter, wenn Oertel tot ist – oder?"

„Das wird sein Mörder auch gedacht haben. Aber wir haben ja noch das Foto."

„Ja, und?"

Zöllner legte das Foto auf den Schreibtisch. „Der Große hier", Zöllner tippte auf das Foto, „scheint ein Arbeitskollege von Oertel gewesen zu sein. Ich gehe davon aus, dass ich in Münzdorf Leute finden werde, die den Mann kennen. Ich muss also noch einmal nach Münzdorf."

Kemper verzog sein Gesicht. „Oh, darüber wird der Alte aber nicht begeistert sein.“

„Das kann sein. Aber da muss er über seinen eigenen Schatten springen. Notfalls fahre ich mit Bus und Bahn.“

***

Rehling wirkte in der Tat nicht begeistert, als Zöllner vor ihm stand und ihm darlegte, endlich eine handfeste Spur gefunden zu haben, die ihn zu den Mördern Franziska Spiegels führen würde, dass er aber noch einmal nach Münzdorf fahren müsse, um die Ermittlungen vor Ort betreiben zu können.

„Wenn es denn unbedingt sein muss“, sagte er, drückte seine Zigarette aus und wischte mit dem Stummel über den Boden des Aschenbechers, den er daraufhin in den Papierkorb entleerte.

Rehling räusperte sich. „Übrigens, Zöllner, Herr Schrader hat sich bei mir über Ihr ungebührliches Verhalten ihm gegenüber beschwert. Er hat gesagt, Sie vergifteten die Arbeitsatmosphäre.“

Zöllner blickte Rehling erstaunt an. Hatte es Schrader doch tatsächlich gewagt, ihn bei Rehling anzuschwärzen. „Ich kenne Herrn Schrader von früher“, sagte er. „Ich bin ihm in einer Situation begegnet, die es mir heute unmöglich macht, mit ihm vertrauensvoll zusammenzuarbeiten. Ich wäre Ihnen dankbar, wenn Sie bei künftigen Diensteinsätzen darauf Rücksicht nehmen könnten."

Rehling schüttelte den Kopf. „Auf Dauer wird das nicht möglich sein, Zöllner. Auf diese Befindlichkeiten kann ich keine Rücksicht nehmen, im Vordergrund steht ein reibungsloses Funktionieren meiner Dienststelle. Wenn Sie sich nicht mit Ihrem Kollegen Schrader arrangieren können, ist es am besten, wenn Sie sich versetzen lassen."

Zöllner glaubte nicht richtig gehört zu haben. Heftiger als beabsichtigt, stieß er hervor: „Ich bin Schrader 1938 in Hamm begegnet. Er war damals bei der Gestapo. ... Haben Sie mal überprüft, ob er eine saubere Weste hat?"

Rehling blickte Zöllner erstaunt an. „Bei der Gestapo? Ich werde noch einmal mit Schrader sprechen."

9. Kapitel

Mittwoch, den 25. August 1948

Zöllner war schon um vier Uhr in der Nacht losgefahren, hatte Kassel gegen sieben Uhr passiert und kam kurz nach der Mittagszeit in Münzdorf an. Zunächst suchte er die Polizeistation auf, wo er Wachtmeister Höffle antraf.

Höffle war überrascht, Zöllner wiederzusehen. „Haben Sie bei Ihrem letzten Besuch etwas vergessen?", fragte er, als Zöllner die Wachstube betrat.

Zöllner ignorierte die Frage. „Kollege Höffle, wie ist der Stand in der Mordsache Oertel?"

Der korpulente Dorfpolizist zuckte mit den Schultern. „Wir haben bislang wenig herausgefunden. Hans Oertel wurde gestern in einem Steinbruch hier in der Nähe gefunden. Man hatte ihn nur unvollständig unter Bruchsteinen versteckt. Ein pensionierter Lehrer, der in dem Steinbruch gelegentlich nach Fossilien sucht, ist zufällig auf ihn gestoßen."

„Wie ist Oertel zu Tode gekommen?"

„Die Gerichtsmedizin hat festgestellt, dass der Mord vermutlich in der Nacht von Sonntag auf Montag erfolgte. Oertel ist durch einen Pistolenschuss in den Hinterkopf getötet worden."

„Gibt es Hinweise auf den oder die Täter?"

Höffle schüttelte den Kopf. „Keine verwertbaren Spuren. In der Nacht von Montag auf Dienstag hat es hier stark geregnet."

„Ich habe gesehen, dass Oertel am Sonntagabend von einem Motorradfahrer aus Münzdorf abgeholt worden ist. Er muss seinen Mörder gut gekannt haben."

Höffle nickte. „Das ist wahrscheinlich, denn bei Oertel hat man keine Spuren eines Kampfes gefunden. Der Mörder muss ihn ohne Vorankündigung und vermutlich heimtückisch hinterrücks erschossen haben."

„Haben Sie schon recherchiert, wer aus dem Bekanntenkreis von Oertel ein Motorrad besitzt?"

„Das ist mir nicht bekannt. Die Ermittlungen werden von meinen Kollegen aus der Kreisstadt Münsingen geführt. Ich werde diesen Hinweis an sie weitergeben."

„Ist hier im Ort bekannt, dass Oertel bei der Waffen-SS gewesen ist?"

„Ja natürlich, daraus hat er keinen Hehl gemacht. Weshalb auch? Niemand hat sich daran gestört. Hans war hier recht beliebt."

„Wohl nicht bei allen – oder?"

Höffle antwortete nicht.

***

Zöllner parkte den VW direkt vor dem Eingang zu den Büros der *Schwäbischen Elektromotorenwerke.* Als er das Empfangszimmer betrat, wurde er von einer hübschen dunkelhaarigen Sekretärin begrüßt, deren Schreibtisch vor einer großen Wandtafel platziert war, die offenbar dazu diente, die Einsatzzeiten von Mitarbeitern zu koordinieren.

„Ich möchte Ihren Chef sprechen", sagte Zöllner und zeigte der Frau seinen Dienstausweis.

„Senior oder Junior?", fragte die Sekretärin, nachdem sie einen kurzen Blick auf den Ausweis geworfen hatte.

„Junior", sagte Zöllner aufs Geradewohl.

„Da haben Sie Glück, Herr Born Senior liegt im Krankenhaus. Bitte warten Sie. Ich schaue, ob Herr Born Junior Sie empfangen kann."

Sie verschwand durch eine mit Leder bespannte Tür ins Nebenzimmer. Nach wenigen Augenblick kam sie zurück. „Herr Born lässt bitten."

Stefan Born, ein etwa vierzigjähriger, sportlicher Mann mit dunklem, kurzgeschnittenem Haar, kam Zöllner entgegen, als der das Zimmer betrat. Er wies auf die kleine Sitzecke, die sich links vom Schreibtisch befand. „Setzen wir uns doch."

„Rauchen Sie?", fragte Born, als sie Platz genommen hatten. Zöllner nickte. Born zog ein mit Intarsien verziertes Kästchen heran und öffnete es. „Greifen Sie zu.“

Nachdem sie die Zigaretten angezündet hatten, fragte Born: „Sie sind Polizist? Woher kommen Sie?“ Sein Blick spiegelte echtes Interesse.

„Aus Bielefeld.“ Zöllner zeigte auf das Fenster, durch das man eine neuerrichtete Produktionshalle sehen konnte. „Ein schönes Unternehmen haben Sie! Was produzieren Sie?“

„Motoren, Elektromotoren für alle möglichen Antriebe, daneben auch elektromechanische Läutemaschinen.“

„Wie läuft das Geschäft?“

Born lächelte. „Gut, aber das hat uns auch einige Anstrengung gekostet. Wir mussten nach dem Krieg wieder nahezu bei Null anfangen.“

„Wieviele Leute beschäftigen Sie?“

„Etwa 80. Wir sind hier in der Gegend der größte Arbeitgeber.“

Zöllner entnahm der mitgebrachten Mappe das Foto, das Oertel und zwei andere Mitglieder der Waffen-SS zeigte. „Herr Born, ich habe hier ein Foto, das ich Ihnen gern einmal zeigen möchte.“ Zöllner zeigte auf die mittlere Person. „Hier, das ist Hans Oertel, dessen Leiche man vor kurzem gefunden hat … Kennen Sie die beiden anderen Männer?“

Born sah sich das Foto genau an. „Das hier“,

sagte er dann und wies auf den großen blonden Mann, der links neben Oertel stand, „das könnte Flassner sein, Kurt Flassner. Er arbeitet bei uns. Den anderen Mann kenne ich nicht."

Zöllner nickte zufrieden. „Kann ich Herrn Flassner einmal sprechen?"

Born schüttelte den Kopf. „Das wird jetzt schlecht möglich sein. Herr Flassner befindet sich um diese Zeit immer auf Tour und wird sicherlich erst heute Abend wieder zurück sein." Er blickte Zöllner an. „Worum geht es?"

„Bedaure. Dazu darf ich Ihnen nichts sagen ... Seit wann arbeitet Kurt Flassner bei Ihnen?"

„Seit mindestens zwei Jahren. Herr Flassner hat kurz nach Kriegsende bei uns angefangen."

„Welchen Eindruck haben Sie von Flassner?"

„Einen sehr guten. Sehr zuverlässig der Mann, vielseitig einsetzbar und selten krank."

Zöllner drückte seine Zigarette aus. „Gut, lassen Sie uns über Hans Oertel sprechen. Seit wann war Oertel bei Ihnen tätig?"

Born überlegte einen Augenblick. „Ich glaube, auch seit etwa zwei Jahren. Die beiden fingen hier ungefähr zur selben Zeit an", sagte er. „Auch Oertel war ein äußerst zuverlässiger Mensch. Er hat bei uns in der Lohnbuchhaltung gearbeitet."

„Ist Ihnen bekannt, ob Oertel Feinde hatte?"

Born schüttelte den Kopf. „Nein. Oertel war

ein sehr verträglicher Mensch. Ich kann mir nicht vorstellen, dass er mit jemandem verfeindet war. Er hatte, soweit ich weiß, kurz bevor er bei uns angefangen hat, geheiratet und dann kam ja auch schon bald seine Tochter auf die Welt. Seitdem hat er sich hauptsächlich um seine Familie gekümmert."

„Wie war das Verhältnis zwischen Oertel und Flassner?"

„Ich glaube, die beiden waren befreundet. Sie kannten sich aus dem Kriege, das zeigt ja auch das Foto."

„Gab es zwischen den beiden Streit?"

„Nein, sicher nicht. Ich habe zumindest keine Situation zwischen den beiden erlebt, die nach Streit ausgesehen hätte."

Zöllner erhob sich. „Gut, ich komme dann heute kurz vor Arbeitsschluss noch mal bei Ihnen vorbei. Falls Herr Flassner vorher zurück ist, bitten Sie ihn, hier auf mich zu warten."

Born nickte.

***

Als Zöllner das Büro verlassen hatte, griff Born zum Telefon und wählte. Am anderen Ende der Leitung meldete sich die Sekretärin einer Firma in Stuttgart.

Born nannte seinen Namen. „Ist der Wagen unserer Firma noch da?"

„Augenblick Herr Born, ich schaue mal nach." Wenig später sagte sie: „Ja, der Wagen steht auf dem Hof."

„Können Sie unseren Fahrer einmal ans Telefon holen?"

„Ja, aber es wird etwas dauern. Sie bleiben am Telefon?"

„Ja, natürlich."

Wenig später meldete sich Flassner. „Ja, Flassner hier. Ich wollte gerade losfahren."

Ohne Vorrede eröffnete Born seinem Gesprächspartner: „Hör zu, wir treffen uns gleich in Münsingen. Bringe den Wagen zu Gustav Fischer, der hat heute frei. Er soll die Tour zu Ende fahren. Sag ihm nicht, dass ich dich angerufen habe … Sag ihm, deine Mutter sei plötzlich ins Krankenhaus gebracht worden und du wolltest zu ihr." Born überlegte kurz, dann sagte er: „Kurt, komm gleich zum *Straußeneck*, das liegt an der Königstraße. Ich werde in gut einer Stunde dasein."

„Was ist denn los?"

„Nicht jetzt, Kurt. Lass uns das gleich besprechen."

***

Als Born das Lokal betrat, saß Kurt Flassner bereits an einem der Tische. Die Gaststätte war mäßig besucht. Born grüßte den Wirt mit einem vertraulichen Augenzwinkern. Dann setzte er sich zu seinem Fahrer.

„Kurt, du musst verschwinden. Sofort."

Kurt Flassner starrte Born mit erstaunten Augen an. „Warum?", fragte er. Im Grunde war er jedoch kein Mensch, der Anordnungen seines Chefs in Frage stellte.

„Vorhin war ein Polizeibeamter aus Bielefeld im Betrieb, hat mir ein altes Foto von dir, Walter Hellmich und Hans Oertel gezeigt und nach dir gefragt."

Flassner schluckte. „Wie kommt der auf mich?"

„Weiß ich nicht. Vielleicht hatte Oertel schon mit der Polizei geredet, bevor er abgetreten ist." Born machte eine kurze Pause. „Diese Spekulationen bringen uns aber im Augenblick nicht weiter. Du musst erstmal für ein paar Wochen, besser für ein paar Monate, weg."

Flassner nickte. „Gut. Wo soll ich hin?"

„Du fährst mit dem Zug nach München und steigst dort in der Pension *Hammelrath* ab, die ist am Viktualienmarkt. Gehört einem Kameraden von uns. Ich schicke dir in ein paar Tagen jemanden mit Papieren vorbei, mit denen du nach Rom weiterreisen kannst."

Flassner runzelte die Stirn. „Was soll ich in Rom?“

Born griff in die Innentasche seines Jacketts und zog ein braunes DIN-A-5-Kouvert hervor. „In dem Umschlag befindet sich ein Zettel mit einer Adresse in Rom. Da wird man dir weiterhelfen. Von Rom aus fährst du mit einem Frachtschiff nach Argentinien. Dort gibt es Leute, die dir bei der Arbeitssuche behilflich sein werden.“

Flassner glaubte nicht richtig verstanden zu haben. „Argentinien?“, fragte er sicherheitshalber noch einmal nach.

„Ja.“ Born drückte Flassner das Couvert in die Hand. „Da sind auch 1 500 DM drin. Damit wirst du eine Weile auskommen. Wenn du in Argentinien bist, erhältst du weiteres Geld ... Ich sondiere hier die Lage und benachrichtige dich, sobald die Luft wieder rein ist.“

Flassner wusste nicht, wie er mit der neuen Situation umgehen sollte. Argentinien war sicherlich reizvoll, interessanter als das Leben in Münzdorf und Umgebung. Auf der anderen Seite musste er einiges aufgeben: seine Eltern, Verwandte und Bekannte. Nicht zuletzt Marion, mit der er seit einigen Monaten ging.

Born fluchte leise: „Wir hätten diese Jüdin in Ruhe lassen sollen. Nur weil dieser Ortsgruppenleiter nicht Manns genug war, das selbst zu erledigen. Ich hätte nie gedacht, dass uns die Sache jetzt noch einholt. Hellmich ist in Frankreich gefallen, Oertel, dieser Feigling, ist tot, du bist der einzige, den sie greifen können. Mach dir aber keine Sorgen, unser Haufen lässt niemanden im Stich, wenn er treu ist … Unser Unternehmen läuft gut, es ist möglich, dass wir auf Dauer ein Zweigwerk in Argentinien aufbauen. Du bist dann schon für uns vor Ort."

Flassner nickte. „Gut, dann fahre ich jetzt nach Hause und packe den Koffer."

Born schüttelte heftig den Kopf. „Auf keinen Fall! Du musst sofort weg. Vermutlich wartet der Polizist schon vor eurem Haus. Alles, was du benötigst, kannst du dir in München kaufen."

„Und meine Eltern? Die werden sich Sorgen machen."

„Schreibe ihnen einen Brief, wenn du in München bist. Adressiere den Brief an mich privat. Ich werde ihn dann in einem neutralen Umschlag weiterleiten. Schreibe deinen Eltern aber nicht, wo du bist und wo du hinwillst. Ich fahre dich jetzt zum Bahnhof nach Stuttgart."

***

Als Zöllner um 17:30 Uhr das Verwaltungsgebäude der *Schwäbischen Elektromotorenwerke* betrat, kamen ihm einige Mitarbeiter der Firma entgegen, die Dienstschluss hatten. Im Vorzimmer der Geschäftsleitung wartete bereits ein Mann, den Zöllner unauffällig in Augenschein nahm, bei dem es sich aber, wie er rasch feststellen konnte, nicht um Kurt Flassner handelte. Der Mann trug blaue Arbeitskleidung, in die das Firmenlogo SEMW eingestickt war.

Die Sekretärin nickte Zöllner zu und zeigte auf die Tür zum Büro ihres Juniorchefs. „Sie können durchgehen“, sagte sie. „Herr Born erwartet Sie.“

Der Mann, der im Vorzimmer gesessen hatte, schloss sich Zöllner an. Born Junior erhob sich von seinem Schreibtischstuhl, als Zöllner und der andere Mann das Büro betraten. „Herr Zöllner, das ist Herr Fischer“, erklärte er und zeigte auf Zöllners Begleitung. „Vorhin kam Herr Fischer mit dem Auslieferungswagen von Herrn Flassner zurück ... Aber am besten, Herr Fischer, erzählen Sie mal selbst.“

Gustav Fischer stand etwas verlegen in der Mitte des Büros und wusste nicht recht, ob er Born oder Zöllner anblicken sollte. „Ich war heute Nachmittag zu Hause, ich hatte frei, weil ich am Wochenende arbeiten musste“, erklärte er, „da kam Kurt mit dem Lieferwagen vorbei und sagte, dass er schnell ins Krankenhaus müsse, seiner

Mutter gehe es schlecht, und dass ich die Tour zu Ende fahren solle."

„Wo ist Herr Flassner jetzt?", fragte Zöllner.

Born schaltete sich ein. „Wir wissen es nicht. Ich habe eben bereits im Krankenhaus in Münsingen angerufen, aber eine Frau Flassner ist dort nicht eingeliefert worden. Mir ist die Sache völlig rätselhaft."

Zöllner wandte sich an Fischer: „Weiteres hat Ihnen Herr Flassner nicht mitgeteilt?"

Fischer schüttelte den Kopf. „Nein. Kurt ist sonst sehr zuverlässig. Ich kann mir die Sache nicht erklären."

„Können Sie mir die Adresse von Herrn Flassner geben?"

Born nickte. „Ja, natürlich. Meine Sekretärin wird sie Ihnen heraussuchen. Ich glaube, Flassner wohnt noch bei seinen Eltern."

***

Das Gespräch mit Flassners Eltern brachte Zöllner nicht weiter. Sie wussten nicht, wo sich ihr Sohn befand. Sie hatten seit dem Morgen, als er das Haus verlassen hatte, nichts mehr von ihm gehört und machten sich große Sorgen, jetzt wo Zöllner ihnen mitgeteilt hatte, dass ihr Sohn verschwunden war.

10. Kapitel

Donnerstag, den 26. August 1948

Zöllner gähnte. Er war während der Nacht zurückgefahren und hatte nur vier Stunden geschlafen. Er hatte Rehlings Entgegenkommen nicht ausnutzen wollen und war bereits am Morgen um 10 Uhr samt Auto zum Dienst erschienen.

Er drückte seine Zigarette aus, die ungeraucht im Aschenbecher gequalmt hatte. „Oertel ist tot. Von dem Mörder gibt es noch keine Spur. Kaum, dass ich herausgefunden habe, dass Kurt Flassner an dem Mord an Franziska Spiegel beteiligt war, verschwindet auch der. Flassner ist entweder untergetaucht oder auch ermordet worden. Damit haben sich unsere einzigen Spuren ins Nichts aufgelöst. Was machen wir jetzt?" Zöllner hatte mehr zu sich selbst als zu Kemper gesprochen.

„Wir können nur abwarten, was unsere württembergischen Kollegen herausfinden."

Zöllner machte eine abwehrende Handbewegung. „Bislang haben die aber nicht gerade durch großen detektivischen Spürsinn geglänzt."

„Das stimmt."

„Irgendjemand muss Flassner gewarnt haben."

„Wer?"

„Das ist die Frage. Da gibt es mehrere Möglichkeiten. Zuerst fällt mir natürlich Born, der Firmenchef, ein. Mit dem habe ich über Flassner geredet. Aber weshalb sollte Born einen seiner Arbeiter warnen, wenn der von der Polizei gesucht wird? Dann Höffle, der Dorfsheriff. Höffle hat das Foto auch gesehen, vielleicht kennt er Flassner privat und hat ihm einen Tipp gegeben. Vielleicht hat Flassner, wenn er der Mörder Oertels ist, aber auch nur erfahren, dass von außerhalb polizeilich ermittelt wird und hat deshalb kalte Füße bekommen."

Zöllner zündete sich eine neue Zigarette an. „Ich frage mich, ob wir in Werfen, Hunnebrock und Umgebung schon alle Spuren ausgewertet haben", sagte er dann.

„Was meinen Sie damit?"

„Eigentlich müsste man noch mehr über diese SS-Division in Erfahrung bringen können ... Ich habe herausbekommen, dass die Abwicklungsstelle der SS-Division für die Dauer ihres Aufenthaltes in der Region ihren Sitz in Lübbecke hatte. Aber die dortige Stadtverwaltung verfügt über keine Akten darüber."

„Warten Sie mal ..." Man konnte Kemper ansehen, dass er nachdachte. Nach einigen Sekunden sprach er weiter: „Während meiner Schulzeit wurde an unserer Schule vom Schulleiter eine

Schulchronik geführt. Ich glaube, das war oder ist Pflicht aller Schulen. Vielleicht wäre es interessant, sich einmal die Chronik der Volksschule Hunnebrock anzuschauen. Die Einquartierung einer SS-Einheit war doch ein Ereignis, das darin vermerkt sein müsste."

Zöllner nickte. „Das könnte in der Tat ein Anhaltspunkt sein." Er griff zum Telefon. Nach einem Telefonat mit der Ennigloher Amtsverwaltung hatte er die Rufnummer der Hunnebrocker Volksschule herausgefunden. Bei seinem Anruf meldete sich eine Männerstimme: „Volksschule Hunnebrock, Hauptlehrer Paulsen."

„Zöllner, Kriminalpolizei Bielefeld. Sagen Sie, Herr Paulsen, gibt es an Ihrer Schule eine Schulchronik?"

„Ja, die wird hier geführt."

„Herr Paulsen, im Rahmen meiner Ermittlungen müsste ich diese Chronik einmal einsehen. Mich interessieren die 1940er Jahre."

Der Schulleiter lachte leise. „Da haben Sie aber Glück. Die alte Chronik war seit Kriegsende verschollen. Sie ist erst vor wenigen Wochen im Zuge von Renovierungsarbeiten wieder aufgetaucht. Die Handwerker haben sie hinter einer Wandverkleidung gefunden."

„Schön, ich würde dann in etwa einer Stunde bei Ihnen sein. Passt das?"

„Besser wäre es, wenn Sie erst nach Schulschluss kämen. Vielleicht gegen 13:30 Uhr?“

„Gut.“ Zöllner legte auf. Er blickte Kemper an und wollte ihm gerade von dem Gespräch berichten, als es klopfte.

„Herein!“

Gottfried Spiegel stand in der geöffneten Tür. Nachdem er sich orientiert und Zöllner erkannt hatte, kam er auf ihn zu. „Herr Zöllner, ich wollte mich nach dem Stand der Ermittlungen erkundigen.“ Spiegel hatte seinen Hut abgenommen und hielt ihn mit der rechten Hand vor seine Brust. Er wirkte hilflos. Von dem Zorn, den er bei ihrer ersten Begegnung in Bünde ausgestrahlt hatte, war nichts mehr zu spüren.

Zöllner stand auf, ging auf Spiegel zu und schüttelte ihm die Hand. „Herr Spiegel, ich arbeite zur Zeit nur an diesem Fall. Ich habe alles andere zurückgestellt. Über das, was ich bislang herausgefunden habe, darf ich Ihnen nichts sagen. Das werden Sie verstehen?“

Gottfried Spiegel nickte bedächtig. „Ist denn damit zu rechnen, dass die Täter gefasst werden?“

Zöllner hob die Schultern. „Das weiß ich noch nicht. Es sieht aber nicht ganz schlecht aus.“

„Die Tatsache, dass da noch Menschen frei herumlaufen, die meine Frau ermordet haben, lässt mir keine Ruhe. Wir haben meine Frau damals wie ein Tier unter einem Baum verscharren müssen, weil man uns nicht einmal ein ordentliches Begräbnis zugestanden hat. Das hätte im Dorf wohl zuviel Aufsehen erregt."

„Vermutlich."

„Herr Zöllner, ich möchte Sie noch einmal darum bitten, alles Ihnen Mögliche zu tun, um die Mörder meiner Frau zu fassen. Mein Sohn ist in einem Alter, in dem er Vertrauen zu seinen Mitmenschen, zu den Behörden und zur Polizei aufbauen muss. Wenn dieser Mord nicht gesühnt wird, dann … Rolf hat schon davon gesprochen, dass er aus Deutschland weg will … Was bleibt mir dann noch?" Gottfried Spiegel knetete die Krempe seines Hutes, Tränen standen in seinen Augen. Er nickte Zöllner noch einmal zu und verließ das Büro.

***

Rehling gab ihm wieder nur den Zündschlüssel für das Motorrad, aber Zöllner hatte sich an das Fahrzeug gewöhnt, so dass er sich sogar auf die Fahrt freute. Er hatte schon überlegt, sich selber ein Motorrad zu kaufen, sobald ihm das seine finanziellen Möglichkeiten gestatteten.

Das gute Wetter hatte Bestand. Die Straßen waren nicht viel befahren, aber gelegentlich musste Zöllner hinter von Pferden gezogenen Erntewagen auf eine günstige Überholmöglichkeit warten. Danach hatte er aber wieder freie Fahrt.

Das Schulgebäude, ein großes grauverputztes Haus mit seitlichem Anbau, lag an der Verbindungsstraße zwischen Enger und Bünde. Nach Unterrichtsschluss war das Gebäude menschenleer. Zöllner fand den Schulleiter in einem kleinen Raum, in dem Wandkarten und anderes Unterrichtsmaterial lagerte.

Schulleiter Paulsen begrüßte Zöllner freundlich und zeigte auf eine in blauem Ölpapier eingebundene DIN-A4-Kladde, die auf einem kleinen Tischchen lag. „Ich habe die Chronik schon für Sie bereitgelegt."

Die Schulchronik umfasste etwa 100 Seiten. Die ersten Einträge stammten noch aus der Zeit des Kaiserreichs. Zöllner überblätterte diese Seiten. Anfang der 1930er Jahre wechselte die Schrift der Einträge: Felschmann war Hauptlehrer und damit Schulleiter geworden. Jetzt oblag es ihm, die Einträge in der Schulchronik vorzunehmen.

Am 11. Februar 1933 hatte Felschmann vermerkt: *Gestern Abend habe ich den Führer zum ersten Male im Rundfunk hören dürfen. Die Gefühle, die uns bewegten, kann ich nicht beschreiben. Tränen flossen! Unsere Herzen und Seelen gehören ihm, dem Volkskanzler, dem Retter des Vaterlandes.*

Auf den folgenden Seiten berichtete Felschmann ausführlich über die Trauerfeier anlässlich des Todes von Reichspräsident Paul von Hindenburg am 2. August 1934, über personelle Wechsel an der Schule, über schulische Sportveranstaltungen und natürlich über die Feiern, die man anlässlich des Geburtstags Adolf Hitlers veranstaltet hatte. Die mit einer Schreibmaschine getippten Texte seiner Ansprachen hatte Felschmann ordentlich in die Chronik eingeklebt. Sie spiegelten seine Führergläubigkeit und seinen Fanatismus. Wer solche Reden gehalten hatte, musste ein überzeugter Nationalsozialist gewesen sein. Über die Eroberung und Besetzung von Paris am 14. Juni 1940 hatte er geschrieben: *Die Schmach von Compiègne ist endlich ausgelöscht! Vorgestern rückte unsere siegreiche Wehrmacht kampflos in Paris ein. Große Parade der deutschen Armee am Arc de Triomphe! Die französische Regierung befindet sich auf der Flucht. Dank der Genialität unseres Führers steht die Kapitulation Frankreichs unmittelbar bevor.* Auf späteren Seiten folgten Einträge über die Anfangserfolge der deutschen Wehrmacht nach dem Angriff auf die Sowjetunion.

Am 14. November 1944 fand sich der Eintrag, den Zöllner gesucht hatte: *Die Schule wurde vom*

16.10. bis 13.11.44 von Soldaten der Waffen-SS belegt. Da anderswo keine geeigneten Räume zur Verfügung standen, musste der gesamte Unterricht für diese Zeit ausfallen. Heute konnte der Schulbetrieb wieder aufgenommen werden, nachdem die unter dem Kommando von Obersturmführer Dorn stehende Einheit die Schule geräumt hat, um den Kampf gegen die Feinde Deutschlands wieder aufzunehmen.

Das war alles. Dieser kurze Eintrag würde die Ermittlungen kaum weiterbringen. Beim Namen des SS-Befehlshabers wurde Zöllner allerdings aufmerksam. Er sah sich den Eintrag noch einmal genauer an. So wie Felschmann das D im Namen „Dorn“ geschrieben hatte, konnte das D auch ein B sein. Born, der Name des SS-Führers war Born. Born hieß auch der Juniorchef der *Schwäbischen Elektromotorenwerke.* Natürlich, das ergab einen Sinn! Born hatte einige seiner alten SS-Männer eingestellt. Auf die konnte er sich verlassen, die waren dazu bereit, sich notfalls auch mal die Hände schmutzig zu machen.

Zu dem Schulleiter, der neben ihm stand und seine Lektüre aufmerksam verfolgt hatte, sagte Zöllner: „Herr Paulsen, ich muss die Chronik für ein paar Tage ausleihen.“

Der Schulleiter zögerte. „Nur gegen eine Empfangsquittung“, sagte er dann.

„Natürlich“, stimmte ihm Zöllner zu. „Muss ja alles seine Ordnung haben.“

***

Zöllner kam erst kurz vor Dienstschluss wieder in Bielefeld an. Kemper saß noch an seinem Schreibtisch. „Na, was hat die Recherche ergeben?“, fragte er.

Zöllner zeigte ihm die entsprechenden Passagen in der Schulchronik. „Vermutlich haben wir damit den Durchbruch erzielt“, schloss er.

Kemper nickte. Er blickte seinen Kollegen fragend an. „Zöllner, hätten Sie noch Lust auf ein Bier?“

Zöllner überlegte kurz, dann nickte er. „Haben Sie eine spezielle Kneipe im Auge?“

„Ich würde gerne ins *Feuchte Eck* gehen. Einer meiner Informanten hat mir geflüstert, dass dort gelegentlich Mitglieder der Bande auftauchen, die für die Autoreifendiebstähle verantwortlich sind.“

„Gut … Wie weit sind Sie bei Ihren Ermittlungen?“

„Ich habe einen Mann im Verdacht, Mitglied der Bande zu sein. In den letzten Wochen sind nachts mehrfach Räder von Autos abmontiert worden, die auf den verschlossenen Parkplätzen von Unternehmen abgestellt waren, unter anderem bei den Firmen Bentlage, Holste, Gerber und Hymen. Es gibt das Gerücht, dass die abmontierten Räder dann mit einem Lastwagen nach Köln gebracht werden, wo man sie auf dem Schwarzmarkt verhökert. Bei dem gegenwärtigen Gummimangel ist das ein äußerst lohnendes Geschäft."

Im *Feuchten Eck*, das an der Heeper Straße lag, herrschte schon reger Betrieb. Viele Arbeiter aus den umliegenden Fabriken und Handwerksbetrieben nahmen, bevor sie den Heimweg antraten, noch etwas Alkohol zu sich. Der Schankraum wirkte durch die rauchgefärbte Decken- und Wandvertäfelung dunkel und unsauber. Der Fußboden war bestimmt seit Tagen nicht mehr gekehrt worden. In der Ecke neben der Garderobe stand ein Spucknapf mit reichlich Inhalt.

Zöllner und Kemper setzten sich an einen der Tische und bestellten beim Wirt, einem kleinen, wenig freundlich blickenden Mann, zwei Gläser Bier.

Kemper beobachtete Zöllner dabei, wie er sich unauffällig im Raum umsah. „Zöllner, Sie sind Schrader, Newes und mir immer noch ein Rätsel."

Zöllner blickte seinen Kollegen prüfend an. Mit einer gehörigen Portion Aggressivität in der

Stimme fragte er: „Hat der dicke Schrader Sie angewiesen mich auszuhorchen?"

„Nein!" Die ehrliche Empörung über diese Frage war deutlich im Gesicht des jungen Kriminalassistenten abzulesen.

„Also gut, was wollen Sie wissen?"

„Na, zum Beispiel, weshalb Sie erst jetzt wieder in den Polizeidienst eingetreten sind."

Der Wirt, durch eine Beinverletzung behindert, die er sich vermutlich im Kriege zugezogen hatte, brachte das Bier.

Die beiden Männer prosteten sich zu. Nachdem sie ihre Gläser abgestellt hatten, zog Zöllner das Päckchen *Eckstein* aus dem Jackett und entzündete eine Zigarette. Dann erklärte er: „Nach Kriegsende war ich einige Monate in Kriegsgefangenschaft, in Remagen, einem der Rheinwiesenlager. Als ich entlassen wurde, habe ich erst einmal eine Zeit lang gebraucht, um wieder mit mir selber ins Reine zu kommen. Ich hatte 1938 mit der Polizei und der Gestapo Bekanntschaft gemacht. Nach Kriegsende war ich mir nicht mehr sicher, ob ich wieder dazugehören wollte."

„Weshalb sind Sie aus dem Polizeidienst entlassen worden?"

Zöllner lachte bitter. „Ganz einfach, ich war damals bei der Kripo in Hamm. Ich war in der SPD und im Reichsbanner, zudem mit einer Jüdin verheiratet. Das hat nach der Machtergreifung gereicht, um aus dem Polizeidienst entfernt zu werden."

„Was ist mit Ihrer Frau geschehen?"

„Sie ist nach dem 9. November 1938 mit ihren Eltern und ihrer Schwester nach England gegangen. Das Ladengeschäft ihrer Eltern war zuvor von der SA demoliert worden."

„Und – warum sind Sie nicht mitgegangen?"

Zöllner griff nach seinem Glas und nahm einen weiteren Schluck. „Ich habe keine Ausreisegenehmigung bekommen", erklärte er dann. „Und ich war mir auch nicht sicher, ob ich das wirklich wollte. Ich habe mich mit meinen Schwiegereltern nicht sonderlich gut verstanden und wollte mich auch nicht in die Abhängigkeit ihrer englischen Verwandten begeben. Dass es in Deutschland so schlimm werden würde, habe ich nicht erwartet. Wir hatten gehofft, dass es mit dem Nazispuk irgendwann ein Ende haben würde."

Die beiden Männer schwiegen eine Weile. „Sie nehmen mir meine Neugier hoffentlich nicht übel?", fragte Kemper dann.

Zöllner zuckte mit den Schultern. „Keineswegs, Sie müssen mir aber auch einige Fragen gestatten."

„Natürlich."

„Was haben Sie in der Hitlerzeit gemacht?“

Kemper lächelte. „Oh, ich war begeisterter HJ-Führer, bis ich 1942 eingezogen wurde. Im Krieg habe ich schlimme Dinge erlebt, in Griechenland, wo unsere Einheit ganze Dörfer dem Erdboden gleichgemacht hat. Da habe ich mit Hitler und seinem System gebrochen.“

„Was haben unsere Kollegen während der Zeit getrieben?“

Kemper hob die Schultern. „Offen gestanden, das weiß ich nicht. Wir haben nie darüber gesprochen … Weshalb glauben Sie eigentlich, dass ich hier im Auftrage Schraders mit Ihnen spreche?“

Zöllner blickte Kemper lange an. „Ich kenne Schrader,“ sagte er dann. „Und Schrader weiß inzwischen wohl auch, wo er mich unterbringen muss. Oder er müsste ein sehr schlechtes Gedächtnis haben.“

Auf Kempers fragenden Blick hin erklärte Zöllner: „Als ich 1938 in Hamm nach der Kristallnacht von der Gestapo inhaftiert und verhört wurde, weil ich mich mit einem der SA-Männer geprügelt hatte, war auch Schrader dabei. Der ist während der NS-Zeit bei der Gestapo gewesen. Ein ziemlich übler Bursche, jedenfalls habe ich ihn während der Verhöre so erlebt.“

„Schrader bei der Gestapo? Das habe ich nicht

gewusst." Kemper stand sein Erstaunen ins Gesicht geschrieben.

„Er wird sicherlich auch kein Interesse daran haben, damit hausieren zu gehen."

Kemper blickte auf. Er hatte gesehen, dass zwei gutgekleidete Männer die Kneipe betraten. Die beiden gingen zur Theke und sprachen kurz mit dem Wirt. Der Wirt zeigte auf eines der Fenster und sagte dann mit etwas lauterer Stimme: „Die Heeper Straße weiter hoch. Nach sechs oder sieben Häusern geht rechts eine Straße ab. Wenn Sie dieser Straße folgen, gelangen Sie in die Oststraße." Die beiden Männer nickten, bedankten sich und verließen das Wirtshaus.

„Falscher Alarm". Kemper nahm ihr vorheriges Gespräch wieder auf. „Wie lange haben Sie im Gefängnis gesessen?"

„Nur wenige Tage. Ich bin dann, vermutlich auf Betreiben Schraders, mit meinem Schwiegervater nach Buchenwald gebracht worden. Nach drei Wochen wurden wir entlassen. Meine Schwiegereltern haben sich danach sofort um eine Ausreise bemüht."

„Und Sie sind in Deutschland geblieben?"

„Ja."

„Was ist mit Ihrer Frau? Will sie dauerhaft in England bleiben?"

Zöllner nickte. „Ja. Nach Lage der Dinge wird

sie nicht nach Deutschland zurückkehren. Sie kann die Zeit der Demütigungen hier nicht vergessen. Sie erwartet von mir, dass ich nachkomme."

„Und?"

„Ich weiß es nicht. Ich weiß nicht, ob unsere Ehe, nach dem, was in Deutschland und mit uns passiert ist, eine Zukunft hat. Und ..."

„Und?"

Zöllner blieb ernst. „Es soll nicht überheblich klingen. Ich glaube, dass ich hier in Deutschland zur Zeit mehr gebraucht werde als etwa in England."

11. Kapitel

Montag, den 30. August 1948

Wachtmeister Rudolf Höffle fielen fast die Augen aus dem Kopf, als er sah, dass Zöllner den grauen VW unmittelbar vor seiner Dienststelle parkte.

Es war Zöllner am Freitag gelungen, Rehling davon zu überzeugen, dass er noch ein weiteres Mal nach Württemberg fahren musste, um neue offene Fragen zu klären. Der Eintrag in der Schulchronik hatte letztlich den Ausschlag für Rehlings Zustimmung ergeben.

„Da sind Sie ja schon wieder", begrüßte Höffle seinen Kollegen, als Zöllner die Wache betrat. „Was führt Sie dieses Mal zu mir?"

„Immer noch der gleiche Fall, Höffle. Ich möchte Sie bitten, mich zu Herrn Born Junior zu begleiten und ihn gegebenenfalls zu verhaften."

Höffle ließ sich wieder zurück auf seinen Schreibtischstuhl fallen. „Den Stefan Born wollen Sie verhaften lassen? Das ist unmöglich! Das wäre etwa so, als wenn Sie sich im Vatikan befänden und den Papst verhaften wollten. Außerdem ... wissen Sie denn nicht, dass Born Senior gestern verstorben ist?"

Zöllner schüttelte den Kopf. Dann schilderte er seinem württembergischen Kollegen kurz den Ermittlungsstand. Er schloss mit der Bemerkung: „Wir müssen deshalb davon ausgehen, dass Born den Befehl zur Ermordung dieser Frau gegeben hat. Vermutlich ist Born auch mit der Ermordung von Hans Oertel in Verbindung zu bringen."

„Das klingt alles sehr abenteuerlich. Stefan Born soll an zwei Morden beteiligt sein?"

„Ja. Gibt es im Mordfall Oertel schon weitere Erkenntnisse?"

„Nein. Ich habe zumindest nichts gehört."

Zöllner blickte seinen Kollegen an. „Also Herr Höffle, begleiten Sie mich?"

Höffle schüttelte den Kopf. „Sie dürfen hier in Württemberg gar keine Verhaftungen vornehmen."

„Ich weiß, darum bin ich ja zu Ihnen gekommen."

„Sie werden verstehen, dass ich mich da erst rückversichern muss." Höffle nahm den Telefonhörer und wählte eine Nummer, vermutlich die seines Vorgesetzten in der Kreisstadt Münsingen. Das längere Gespräch, in dem Höffle seinem Vorgesetzten anfangs den Sachverhalt erklärt hatte, endete damit, dass Höffle mehrmals „Ja" und „wird gemacht" von sich gab. Nachdem er aufgelegt hatte, erklärte er: „Ohne schriftlichen

Haftbefehl Ihres Staatsanwaltes kann ich keine Verhaftung vornehmen."

***

Die Sekretärin im Vorzimmer der Geschäftsführung der *Schwäbischen Elektromotorenwerke* trug ein schwarzes Kleid, was ihr Gesicht noch blasser erscheinen ließ.

„Sie sind in Trauer?", fragte Zöllner, der bereits wusste, das der Seniorchef des Unternehmens gestorben war.

Die Sekretärin nickte. „Herr Born Senior ist gestern Nachmittag verstorben."

„Mein herzliches Beileid". Zöllner ging auf die Verbindungstür zu, die zum Büro des Juniorchefs führte.

Die Sekretärin erhob sich. „Sie können da jetzt nicht hinein. Herr Born Junior hat Besuch."

„Das macht nichts, dann wird die Runde etwas größer." Zöllner öffnete die Tür und kam damit der Sekretärin zuvor, die sich ihm in den Weg stellen wollte.

Born saß mit einem älteren Mann an dem kleinen ovalen Tischchen, das sich im hinteren Teil seines Büros befand. Vor ihnen lagen einige Papiere. Unwillig sah er auf, als sich die Tür öffnete. Als er Zöllner erkannte, sagte er mit gespielter Höflichkeit: „Herr Zöllner, womit kann ich Ihnen heute dienen? Ich dachte, wir hätten alles besprochen. Herr Flassner ist hier immer noch nicht wieder aufgetaucht … Ich habe jetzt eine wichtige Besprechung und keine Zeit für Sie."

„Ihr Handlanger Flassner interessiert mich im Moment weniger. Ich weiß jetzt, wer Sie sind, SS-Obersturmführer Born, oder sind Sie in den letzten Kriegsmonaten noch einmal befördert worden?"

Born erhob sich. Er lächelte. „In der Tat, ich war zuletzt Hauptsturmführer … Darf ich Ihnen Dr. Schmelzer vorstellen? Herr Dr. Schmelzer ist ein alter Freund und Anwalt unserer Familie."

„Auch das interessiert mich nicht! Ich will mit Ihnen sprechen!" Zöllner wandte sich wieder an Born, nachdem er den Rechtsanwalt mit einem kurzen Blick gestreift hatte. „Sie haben vor vier Jahren in Hunnebrock den Auftrag zur Ermordung von Franziska Spiegel gegeben. Oertel hat das abgelehnt, deshalb mussten Flassner und ein weiterer Ihrer Schergen ran. Anstiftung zum Mord ist ein Kapitalverbrechen, Born."

Born schwieg. Er lächelte. Es war das überhebliche Grinsen eines Mannes, der wusste, dass man ihm nichts würde anhaben können.

Dr. Schmelzer schaltete sich ein. „Das sind

schlimme Beschuldigungen, die Sie gegenüber meinem Mandanten erheben. Sie haben doch wohl Beweise für Ihre Behauptungen?“

Zöllner ignorierte den Anwalt. Er blickte Born an. „Born, Sie haben dafür gesorgt, dass Oertel nicht mehr reden kann. Sie haben dafür gesorgt, dass Flassner verschwunden ist. Haben Sie ihn umgebracht oder umbringen lassen?“

Born lachte. „Sie wissen gar nichts, Zöllner. Sie sind ein kleines Licht, stochern irgendwo mit einem kleinen Stöckchen im Nebel herum und hoffen dabei, dass sich die Schwaden verziehen, die Sie blind machen.“

„Ich weiß alles, Born. Sie waren seinerzeit mit Ihrer Einheit in der Volksschule Hunnebrock untergebracht. Sie erhielten Besuch vom Hunnebrocker Ortsgruppenleiter, der Ihnen erzählt hat, dass in der Nachbargemeinde noch eine Jüdin lebte. Und Sie, Born, haben das ‚Problem‘ im Sinne Ihres geliebten Führers gelöst. Eine tapfere Tat der SS!“

Born schüttelte den Kopf. „Ich weiß nicht, wovon Sie reden, Zöllner. Ist aber letztlich auch egal. Wir leben im Hier und Jetzt. Heute kommt es darauf an, wieder aufzubauen …“

„… was Sie und Ihresgleichen kaputtgemacht haben“, unterbrach ihn Zöllner.

„Warum so verbittert, Zöllner? Packen Sie mit

an, wer gescheit ist, wird in den nächsten Jahren und Jahrzehnten vielfältige Möglichkeiten haben, sein Glück zu machen. Wir sollten nach vorne blicken ..."

„Franziska Spiegel musste in den Lauf einer Pistole blicken ... und dann wurde abgedrückt."

„Franziska Spiegel ... Wer ist schon Franziska Spiegel? Heute geht es um die Zukunft Deutschlands. Wen interessiert da noch eine tote Jüdin?" Überlegen lächelnd blickte er Zöllner an.

Zöllner hatte sich während des gesamten Gesprächs beherrschen müssen. Er musste dabei an seine letzte Begegnung mit Gottfried Spiegel denken. Die letzten Sätze Borns brachten das Fass zum Überlaufen. Zöllner stürzte nach vorn und verabreichte Born eine kräftige Ohrfeige. Born wollte sich seinerseits auf Zöllner stürzen, besann sich aber und lächelte. „Das war sehr dumm von Ihnen, Zöllner. Mein Anwalt hat alles gesehen."

Dr. Schmelzer nickte. „Wir werden von uns hören lassen ... Wenn Sie keinen Haftbefehl haben, verlassen Sie bitte diesen Raum und das Firmengelände. Oder wollen Sie sich auch noch des Hausfriedensbruchs schuldig machen?"

Zöllner sog zwei- oder dreimal die Luft tief ein, blickte Born und den Anwalt noch einmal voller Verachtung an und verließ langsamen Schrittes das Büro. Die Sekretärin, die wieder hinter ihrem Schreibtisch saß, würdigte er keines Blickes.

***

Es war kurz vor Mitternacht, als Zöllner nach langer Nachtfahrt den VW auf dem Parkplatz des Präsidiums abstellte. Der Pförtner schien eingeschlafen zu sein, denn Zöllner musste mehrfach an die Scheibe seiner Glaskabine klopfen, bevor der Pförtner die Eingangstür öffnete. Er nickte Zöllner nur kurz zu, als dieser das Haus betrat.

Auf den Gängen, die durch die Flurbeleuchtung in nur trübes Licht getaucht wurden, war es totenstill. Zöllners Schritte verursachten auf dem Linoleumboden quietschende Geräusche, die er tagsüber noch nie wahrgenommen hatte. In seinem Büro angekommen, knipste er die Deckenleuchte an, die ausreichend Helligkeit verbreitete.

Zöllner setzte sich an seinen Schreibtisch, zündete sich eine *Eckstein* an und machte sich einige Notizen. Dann zog er die Schreibmaschine zu sich heran und begann damit, den Bericht zu tippen. Er war hellwach und wollte seine Eindrücke so präzise wie möglich wiedergeben. Auch wenn Born seine Beteiligung an den Morden an Franziska Spiegel und Hans Oertel nicht direkt zugegeben hatte, so waren durch den Besuch in Münzdorf Zöllners letzte Zweifel an Borns Schuld ausgeräumt worden.

Es war nach ein Uhr, als Zöllner aufstand. Er las seinen Bericht im Stehen noch einmal durch, nahm mit dem Kugelschreiber einige Korrekturen vor, ging dann zu Rehlings Büro hinüber und legte den Bericht seinem Chef auf den Schreibtisch. Daneben platzierte er den Autoschlüssel.

Als Zöllner das Haus verließ, war der Pförtner bereits wieder eingenickt.

12. Kapitel

Dienstag, den 31. August 1948

Der kleine Zeiger der Uhr hatte sich schon an der Neun vorbei geschoben, als Zöllner das Arbeitszimmer betrat. Kemper begrüßte ihn mit den Worten: „Der Alte will Sie sehen. Er hat schon zweimal nach Ihnen gefragt."

Zöllner nickte. Vermutlich hatte Rehling seinen Abschlussbericht bereits gelesen und wollte mit ihm über das weitere Vorgehen sprechen. Zöllner machte auf der Stelle kehrt und steuerte das Büro des Kriminaloberinspektors an.

Rehling begrüßte ihn mit einem Gesichtsausdruck, den Zöllner nicht zu deuten wusste. Der Kriminaloberinspektor zeigte auf den Stuhl, der vor seinem Schreibtisch stand. „Setzen Sie sich. Ich habe mir vorhin Ihren Abschlussbericht angesehen. Respekt ... Aber ich glaube nicht, dass es damit zu einem Hatfbefehl respektive einer Anklageerhebung kommen wird."

Zöllner blickte Rehling ungläubig an. „Hinter allem steckt zweifelsfrei Born. Er war der SS-Offizier, der den Mord an Franziska Spiegel angeordnet hat."

Rehling nickte. „Wie gesagt, ich habe ihren Bericht gelesen, Zöllner. Ihre Schlussfolgerungen sind plausibel. Aber die Beweislage ist zu dünn."

„Aber wir können doch diese Mörder nicht ...“

„Was haben wir denn an faktischen Beweisen?“ Ohne auf Zöllners Antwort zu warten, beantwortete Rehling seine Frage selbst: „Wir haben einen Eintrag in der Schulchronik, der auf Born verweist. Ja, das stimmt. Wir haben aber keine wirklich originären Zeugenaussagen, die belegen, dass Born den Mordauftrag gegeben hat. Solche Zeugen werden wir aller Wahrscheinlichkeit nach auch nicht finden. Oertel, der das bestätigen könnte, ist tot. Sein Mörder – Sie glauben, und ich betone das Wort ‚glauben‘, dass ein gewisser Kurt Flassner Oertel und vielleicht auch Franziska Spiegel ermordet hat – ist spurlos verschwunden. Möglicherweise ist Flassner auch tot, wir wissen es nicht. Das ist alles. Auf dieser Faktenbasis wird die Staatsanwaltschaft keine Anklage erheben. Sie wird Ihnen nicht einmal einen Haftbefehl ausstellen, da gehe ich mit Ihnen jede Wette ein. Die werden sich nicht blamieren wollen. Es heißt, Staatsanwalt Furler habe noch ehrgeizige berufliche Ziele, der wird keinen aussichtslosen Prozess führen wollen.“

„Lassen Sie mich nach Münzdorf fahren. Ich werde mir Born noch einmal vorknöpfen ...“

Rehling schüttelte energisch den Kopf. „Vergessen Sie das mal sofort. Ich werde Ihren Bericht heute noch an die Staatsanwaltschaft weiterleiten, machen Sie sich aber keine Hoffnungen darauf, dass dabei etwas anderes herauskommt, als ich Ihnen gesagt habe."

Zöllner erhob sich und ging zu Tür. Er war wie betäubt. Als er im Begriff war, den Raum zu verlassen, wandte sich Rehling noch einmal an ihn: „Noch eins, Zöllner. Ich habe mit Schrader gesprochen. Er ist damals von der Kripo zur Gestapo abgeordnet worden und zwar, wie er mir glaubhaft versichert hat, gegen seinen Willen. Gegen ihn liegt nichts vor. Hier macht er seine Arbeit in untadeliger Weise – genau wie Sie."

Zöllner schluckte. Dann brach es aus ihm heraus: „Schrader hat sich vor zehn Jahren wie ein Schwein benommen. Warum sollte er heute anders sein? Schwein bleibt Schwein, das ist eine Sache des Charakters."

Jetzt wurde Rehling laut: „Zöllner, mäßigen Sie sich! Ich kann nicht dulden, dass Sie so über Herrn Schrader sprechen. Ich möchte, dass meine Mitarbeiter respektvoll miteinander umgehen. Sprechen Sie sich mit Schrader aus! Er ist zu einem persönlichen Gespräch mit Ihnen bereit."

„Sie glauben doch nicht, dass ich …"

„Denken Sie darüber nach, Zöllner", unterbrach ihn Rehling. „Sie können jetzt gehen."

***

Gut eine Stunde später öffnete sich die Bürotür. Rehling stand in der Tür. Er blickte Zöllner an und sagte mit bemüht ruhiger Stimme: „Herr Zöllner, wir müssen miteinander reden. Kommen Sie bitte mit in mein Büro."

Nachdem Rehling die Tür hinter sich und Zöllner geschlossen hatte, verlor er seine mühsam nach außen hin gewahrte Beherrschung. „Sind Sie wahnsinnig, Zöllner?", brach es aus ihm heraus. „Staatsanwalt Furler hat gerade einen Anruf von einem Rechtsanwalt aus Münzdorf erhalten. Sie haben Herrn Born, seinen Mandanten, vor Zeugen tätlich angegriffen und verletzt. Vor Zeugen, Zöllner. Sind Sie von allen guten Geistern verlassen? Furler tobt."

„Ich habe ihm eine Ohrfeige gegeben, die hatte er verdient, Sie wissen das!"

Rehlings Augen blitzten. „Unsinn! Wir sind gerade dabei einen neuen Rechtsstaat aufzubauen und Sie spielen den Richter und verfallen in alte Gestapo-Methoden."

Zöllner schüttelte den Kopf. „Für Gestapo-Methoden ist doch wohl eher Schrader zuständig. Da kann er auf vielfältige Erfahrungen zurückgreifen … Und was den Rechtsstaat angeht, so ist es mit dem neuen Rechtsstaat nicht weit her, wenn Mistkerle wie Born und Felschmann unbehelligt weiterleben können."

Rehling ging auf den Angriff gegen Schrader nicht ein. „Rechtsstaat heißt nicht, dass immer und überall das Recht obsiegt, Rechtsstaat bedeutet zunächst einmal, dass das Zusammenleben nach objektiven, einklagbaren Rechtsprinzipien erfolgt. Eines dieser Prinzipien lautet: ‚Ohne Beweise keine Verurteilung'. Ein anderes Prinzip betont die Unverletzlichkeit der Person, das gilt auch und in besonderem Maße für das Handeln von Polizeibeamten." Rehling blickte Zöllner an: „Ich hatte mir einiges von Ihnen versprochen, Zöllner. Sie sind ein guter Kriminalbeamter, aber Sie werden verstehen, dass ich Sie in dieser Angelegenheit nicht decken kann. Ich muss Sie, so leid es mir tut, zunächst vom Dienst suspendieren, bis die gegen Sie erhobenen Vorwürfe geklärt sind."

Zöllner lachte bitter auf: „Alles für den Rechtsstaat, der von Born und Konsorten mit Füßen getreten worden ist und auch heute noch wird. Die neue Republik wird es Ihnen danken." Er drehte sich um und verließ ohne weiteren Gruß den Raum.

***

Als Zöllner abends schwankend nach Hause kam, setzte er sich an den Küchentisch und versuchte einen Brief zu schreiben. Doch nach wenigen Augenblicken fielen ihm die Augen zu und sein Oberkörper kippte nach vorn auf die Tischplatte.

Irgendwann in der Nacht schleppte er sich in das Schlafzimmer und legte sich vollständig angekleidet aufs Bett. Es war schon Mittag, als er wach wurde. Der Harndrang war übermächtig, der Geschmack in seinem Mund bitter.

Zurück von der Toilette stellte Zöllner den Wasserkocher an und kratzte die Reste vom Bohnenkaffee zusammen, den er für besondere Anlässe aufgehoben hatte.

Ein besonderer Anlass war heute nicht, im Gegenteil: Er war nach nur zwei Wochen aus dem Polizeidienst entlassen worden, auch wenn Rehling zunächst nur von einer Suspendierung gesprochen hatte. Zöllner war sich aber sicher, dass Born und sein Rechtsanwalt alles daran setzen würden, dass die Suspendierung zu einer Entlassung führte. Besser konnte sich Born gar nicht schützen.

Nein, er benötigte einen klaren Kopf, deshalb der kostbare Bohnenkaffee. Seine Entscheidung war aber bereits gestern Abend in der Kneipe gefallen. Als sein Blick auf den Küchentisch fiel, erinnerte er sich: Nach seiner Rückkehr hatte er noch versucht Edith zu schreiben, um ihr seine Entscheidung mitzuteilen, er war dabei aber über die ersten Worte nicht hinausgekommen. Er riss das Blatt mit der durch reichlich Alkoholgenuß beeinträchtigten Schrift vom Block, zerknüllte es und begann erneut:

Liebe Edith,
wie du weißt, ist es mir bislang sehr schwer gefallen Deutschland den Rücken zu kehren. Das hatte nichts mit dir zu tun. Aber wir haben vorher in Deutschland gelebt und waren hier auch glücklich, zumindest einige Jahre lang. Ich hatte gehofft, dass es wieder so werden könnte wie früher.

Nach meinen letzten Erfahrungen bei der Kriminalpolizei in Bielefeld weiß ich nun, dass diese Zeit wohl nicht wiederkehren wird. Mittlerweile bin ich dazu bereit, Deutschland zu verlassen. Es laufen hier noch zu viele Nazis unbehelligt herum, viele Menschen sind träge, es interessiert sie nicht, was um sie herum passiert. Wie soll da eine funktionierende Demokratie aufgebaut werden?

Ich werde wohl aus dem Polizeidienst ausscheiden müssen. Ich habe den unverzeihlichen Fehler begangen, einen Mann zu ohrfeigen, der im Jahre 1944 den Mord an einer Jüdin in Auftrag gegeben hat. Ich habe in diesem Moment an dich gedacht und dass dieser Mann, der vermutlich nicht einmal vor Gericht gestellt, geschweige denn verurteilt werden wird, bestraft werden muss.

In einem Land, in dem Mörder durch den Rechtsstaat geschützt werden und dadurch Morde ungesühnt bleiben, möchte ich nicht mehr leben.

Ich weiß nicht, ob wir in England wieder glücklich werden können, aber wir sollten es versuchen.

Ich liebe dich
Gernot

Zöllner klebte den Umschlag zu. Der Rest des Kaffees war kalt geworden, er trank ihn dennoch mit Genuss. Dann zündete er sich eine *Eckstein* an. Noch heute Nachmittag würde er zur Post gehen.

13. Kapitel

Sonntag, den 26. September 1948

Es regnete in Strömen, als Zöllner das Bahnhofsgebäude in Bünde verließ. Er hatte lange überlegt, ob er diese Fahrt unternehmen sollte, war dann aber zu der Überzeugung gelangt, dass er Gottfried Spiegel noch ein Gespräch schuldig war. Er spannte seinen Regenschirm auf, den er in weiser Voraussicht mitgenommen hatte. „Eine gute Vorübung für England“, dachte er. Dort sollte es häufig regnen, sagte man, jedenfalls häufiger als in Deutschland. Morgen würde er nach England fahren, um seine Frau wiederzusehen, nach fast zehn Jahren. Dann würden sie gemeinsam überlegen, wie es mit ihnen weitergehen sollte.

Er wandte sich nach Süden und ging die Bahnhofstraße hinunter. Als er nach wenigen Minuten am *Café Quade* vorbeikam, entschloss er sich zur Einkehr. Lena Roedinger stand am Tresen und nickte Zöllner zu, als er das Café betrat.

Kurz darauf kam sie an seinen Tisch, um die Bestellung aufzunehmen. Zöllner entschied sich für einen Kaffee und ein Stückchen Apfelkuchen mit Sahne. Anschließend sagte er: „Setzen Sie sich doch gleich, wenn Sie etwas Zeit haben, einen Augenblick zu mir.“

Es dauerte ein paar Minuten, bis Lena Roedinger Kaffee und Kuchen brachte. Sie setzte sich zu Zöllner an den Tisch.

„Ich habe eine schlechte Nachricht für Sie", sagte Zöllner, „Hans Oertel ist tot, er wurde ermordet, weil er die Mörder von Franziska Spiegel kannte und ihnen unbequem wurde."

Lena Roedinger sah ihn mit versteinerter Miene an. Dann wurden ihre Augen feucht. „Als Hans wegging und nichts mehr von sich hören ließ, war ich wütend auf ihn. Aber er hat mir etwas bedeutet. Er war ein lieber Mensch ..." Sie brach ab, stand auf und ging wieder zum Tresen.

Zöllner aß den Kuchen und trank den Kaffee. Er wusste nicht, ob es eine gute Idee gewesen war, Lena Roedinger von dem Mord an Hans Oertel zu berichten.

Während er eine Zigarette rauchte, kam Lena Roedinger noch einmal zu ihm. „Wie ist das passiert?"

Zöllner erzählte ihr von den genauen Umständen des Mordes.

„Hat man den Mörder gefasst?", fragte sie, nachdem Zöllner seinen Bericht beendet hatte. Zöllner schüttelte den Kopf.

Er zahlte und verließ das Café. Er überquerte die Else, ein kleines Flüsschen, das die Stadt von Westen nach Osten durchschnitt, über die

Bolldammbrücke und ging an der Laurentiuskirche vorbei Richtung Marktplatz.

Als er den Marktplatz erreichte, hatte der Regen aufgehört. Zöllner schüttelte seinen Regenschirm aus und klingelte an der Tür des Hauses, in dem Spiegel seine Wohnung hatte.

Gottfried Spiegel öffnete die Tür. Er war sichtlich überrascht Zöllner zu sehen.

„Herr Zöllner", fragte er, „gibt es etwas Neues?"

„Ja."

„Kommen Sie bitte herein."

Zöllner trat ein. Den Mantel und den feuchten Regenschirm legte er an der Garderobe ab. Gottfried Spiegel führte ihn in die Küche. Die beiden setzten sich. Spiegels Sohn Rolf war offensichtlich nicht da.

„Was haben Sie herausgefunden?" Gottfried Spiegel sah seinen Gast erwartungsvoll an.

„Ich bin nicht mehr bei der Kripo. Man hat mich vom Dienst suspendiert. … Ich habe lange überlegt, ob ich Sie noch einmal aufsuchen soll." Zöllner zog den Aschenbecher näher zu sich heran und kramte in der Jackentasche nach seinen Zigaretten und den Streichhölzern.

„Ich habe die Mörder Ihrer Frau gefunden", sagte er, nachdem er sich eine *Eckstein* angezündet hatte. „Der Verantwortliche lebt heute in Württemberg und ist ein geachteter Bürger seiner Stadt." Zöllner berichtete Gottfried Spiegel Einzelheiten der Ermittlungen, allerdings vermied er dabei Namen zu nennen.

„Hat man den Mörder inzwischen verhaftet?"

Zöllner schüttelte den Kopf. „Nein, mein untadeliger Kollege Kemper hat mir gestern berichtet, dass die Bielefelder Staatsanwaltschaft die Ermittlungen im Mordfall Ihrer Frau einstellen wird. Die Begründung lautete, es sei nicht mehr möglich, die Mörder Ihrer Frau noch ausfindig zu machen."

Gottfried Spiegel blickte Zöllner zweifelnd an. „Das kann doch nicht wahr sein. Sie sagten doch gerade, dass Sie den Namen des Mörders kennen, und die Staatsanwaltschaft geht gegen diesen Mann nicht vor?"

„Ja", Zöllner nickte, „so ist das, Herr Spiegel. Für mich steht schon seit langem fest, dass das Leben nicht gerecht ist und Sie wissen das vermutlich auch. Mir wurde gesagt, die Beweislage reiche nicht aus, um Anklage gegen den Mörder Ihrer Frau zu erheben. Wir leben, wie ich erfahren musste, in einem Rechtsstaat und da darf man jemanden nur verurteilen, wenn man ihm seine Tat auch zweifelsfrei nachweisen kann."

Er machte eine Pause. „Aber es gibt auch hoffnungsvolle Ansätze. Ich bin zum Beispiel aus dem Polizeidienst entlassen worden, weil ich demjenigen, der für den Mord an Ihrer Frau verantwortlich ist, eine Ohrfeige gegeben habe. Das war von meiner Seite aus natürlich Polizeiwillkür." Zöllner lachte bitter. „Diese Zeiten der Willkür sind im heutigen Rechtsstaat vorbei. Meine Entlassung ist der schlagende Beweis dafür."

„Aber es kann doch nicht sein, dass jemand, der als Mörder zweifelsfrei feststeht, unbestraft bleibt." Gottfried Spiegel schüttelte verzweifelt den Kopf.

„Dass viele Täter nach dem Ende der Naziherrschaft so weiterleben können, als sei nichts geschehen, daran wird sich wohl nicht viel ändern lassen. Natürlich werden immer mal wieder Menschen vor Gericht gestellt werden, aber die Hoffnung, dass man alle, die sich schuldig gemacht haben, zur Verantwortung ziehen könnte, ist mehr als trügerisch."

Gottfried Spiegel blickte Zöllner an. „Wie heißt der Mann, der für den Mord an meiner Frau verantwortlich ist?"

Jetzt schüttelte Zöllner den Kopf. „Den Namen werde ich Ihnen nicht nennen. Ich möchte nicht, dass Sie unüberlegt handeln und das Unrecht durch Selbstjustiz aus der Welt zu schaffen versuchen."

Gottfried Spiegel wollte aufbegehren, begriff dann aber, das Zöllner in seiner Haltung unerschütterlich bleiben würde. Er fragte: „Was ist mit Felschmann? War er an dem Mord an meiner Frau beteiligt?“

Zöllner hob die Schultern. „Direkt sicherlich nicht, aber es ist möglich, dass er den Tipp gegeben hat. Es kann aber auch sein, dass er im Auftrag des Herforder NSDAP-Kreisleiters gehandelt hat, denn es kommt mir seltsam vor, dass der Kreisleiter und der Landrat zufällig vor Ort waren, als der Mord geschah. Es kommen aber auch noch andere Tippgeber in Frage. Felschmann streitet jede Beteiligung ab. Auch ihm wird man eine Tatbeteiligung nicht nachweisen können, wenn er denn wirklich darin verwickelt war.“

„Und jetzt?“, fragte Gottfried Spiegel. „Was soll ich jetzt tun?“

Zöllner wusste es auch nicht.

Epilog

Die Bielefelder Staatsanwaltschaft stellte die Ermittlungen im Mordfall Franziska Spiegel im Juni 1949 endgültig mit der Begründung ein, dass „keine Möglichkeit mehr bestehe, die SS-Männer, welche Frau Spiegel abgeholt haben, zu ermitteln."

Die sterblichen Überreste Franziska Spiegels wurden im selben Jahr exhumiert und auf dem Nordfriedhof in Minden ordentlich bestattet.

Gottfried Spiegel wohnte – enttäuscht von der deutschen Polizei und Justiz – noch einige Jahre in Bünde, Ende der 1940er Jahre verheiratete er sich erneut und verzog zunächst nach Eidinghausen, später dann in das Siegerland. Er starb 1994.

Rolf Spiegel wanderte 1958 nach Australien aus, nachdem er zuvor einige Zeit in Afrika gearbeitet hatte. In Deutschland, dem Land, in dem die Mörder seiner Mutter unbehelligt geblieben waren, mochte er nicht mehr leben. Nach seinem Tod im Jahre 2001 fand er auf einem Friedhof in Adelaide seine letzte Ruhestätte.

Der Roman basiert auf Tatsachen. Franziska Spiegel wurde am 4. November 1944 nahe des Hücker Moores (Kreis Herford) von zwei Angehörigen der *Leibstandarte SS Adolf Hitler* ermordet.

Die in dem Roman beschriebenen Mordermittlungen sind hingegen frei erfunden, ebenso die in diesem Zusammenhang auftretenden Personen. Jede Ähnlichkeit mit lebenden oder toten Personen ist rein zufällig.

Pendragon Verlag
gegründet 1981
www.pendragon.de

2. Auflage

Originalausgabe
Veröffentlicht im Pendragon Verlag
Günther Butkus, Bielefeld 2016

Lektorat: Anja Schwarz, Marlen Grote
Herstellung und Umschlag: Uta Zeißler, Bielefeld
Foto: Photocase/pnetzer
Satz: Pendragon Verlag auf Macintosh
Gesetzt aus der Adobe Garamond
ISBN 978-3-86532-570-9
Gedruckt in Deutschland

Norbert Sahrhage

Der tote Hitlerjunge

Krimi, Originalausgabe
248 Seiten, PB, Euro 9,95
ISBN 978-3-86532-197-8

Ein grausiger Fund erschüttert die beschauliche Kleinstadt Spenge: Bei Bauarbeiten wird ein Skelett gefunden. Schon bald stellt sich heraus, dass ein Hitlerjunge im Herbst 1944 verschwand und nicht wieder aufgetaucht ist.
Als Kommissar Korff glaubt den Fall des toten Hitlerjungen gelöst zu haben, muss sich das Ermittler-Team bereits mit dem Mord an einem Rentner befassen. Korff wittert einen Zusammenhang, als er herausfindet, dass der Tote als Jugendlicher Mitglied der HJ war. Doch die Ereignisse überschlagen sich: Auf den Bruder des ermordeten Rentners wird ein Anschlag verübt … Soll hier eine offene Rechnung beglichen werden?

Die historisch sorgfältig recherchierte Geschichte bildet den perfekten Rahmen für einen tiefgründigen Krimi um vermeintliche Schuld und späte Rache.

Auch als eBook erhältlich.

P E N D R A G O N - Verlag